KB157930

한글로 쓴 사랑, 정인보와 어머니

정인보 외 씀

한글로 쓴 사랑, 정인보와 어머니

제1판 1쇄 발행 2018년 10월 25일
제2판 1쇄 발행 2019년 1월 30일
저 자 정인보 외
펴 낸 이 임순재
펴 낸 곳 (주)한올출판사
등 록 제11-403호
주 소 서울시 마포구 모래내로 83(성산동, 한올빌딩)
전 화 (02)376-4298(대표)
팩 스 (02)302-8073
홈페이지 www.hanol.co.kr
e-메일 hanol@hanol.co.kr

ISBN 979-11-5685-748-8 03800

젊은 날

해방 후 모습

4남 정양모의 대학 졸업식 1959.3.26. 서울대학교 사학과

아래 左로부터 정양모(鄭良謨), 조경희(부인), 셋째 사위 강신항(姜信沆), 위 윤종수, 강신택

아래 左로부터 정양모, 김기주, 조경희(부인), 차남 상모(尙謨), 위 윤종수, 강신택

부인 조경희 셋째 딸 정양완 1956.
손자 정진방 손녀 정진휘(정상모의 자녀)

손녀 정진실(상모의 2녀) 돌 잔치(1959.3.)

정인보의 자손들. 연대 동상 건립 날(1994.10.31.). 위에는 위당관이 있음.

좌로부터 둘째 며느리, 큰며느리, 장녀 정완(貞婉), 3녀 양완(良婉), 장남 연모(淵謨), 4녀 평완(平婉), 차남 상모(尙謨), 4남 양모(良謨) 내외, [차녀 경완(庚婉)은 재북, 3남 흥모(興謨)는 6·25때 전사]

책머리에

담원 정인보 선생은 1930년대와 1940년대에 걸쳐서 한문으로 수많은 글을 지었다. 글의 내용은 여러 열사(烈士), 지사(志士), 명인(名人)들의 행장(行狀), 비문(碑文) 등이었다.

이들 여러 친필본들은 8권으로 나누어 『담원문록(薝園文錄)』(1-8) 이란 제하에 1967년 11월 1일에 연세대학교 출판부에서 간행되었고, 그 뒤 보완하여 『담원문록』은 9권이 되었다.

이 아홉 권을 셋째 딸 양완(良婉)이 24년의 세월동안 번역하여 2006년 4월에 『담원문록 역주본』(薝園文錄 譯註本, 上·中·下 3권, 延世 國學叢書 67, 太學社)으로 간행하였다.

『담원문록』은 한문으로 되어 있으나, 1930년대와 1940년대에 담원 선생은 수많은 글들을 한글과 한자를 섞어 쓰는 소위 국한문 혼용문(國漢文混用文)으로 발표하였다. 이 글들의 일부가 1955(단기 4288)년 8월 20일에 문교사(文教社)에서 『담원국학산고(薝園國學散藁)』라는 이름으로 간행된 바 있다.

이번에 펴내는 책에는 생모(生母)와 양모(養母) 두 분 어머니를 그리워하는 40수의 시조 「자모사(慈母思)」와 함께, 담원이 어머니께 보낸 한글 편지*와 부인 등 가족에게 보낸 편지들을 다시 수록

* 1983년 10월 31일 연세대학교 출판부에서 간행한 『담원 정인보 전집(전6권)』 제 1권 제7편 서간문 부분(pp.333-348)에 이미 대부분 수록

한다. 딸들이 부모에게 보낸 편지도 들어있다. 특히 어머님이 담원에게 보낸 한글 편지를 당시 철자법 그대로 수록하고 원본도 다수 수록하였다.

8.15 광복 이후에 담원은 삼일절, 광복절, 개천절, 제헌절 등 4대 국경절 노래와 여러 계기에 쓴 기념문들, 여러 학교의 교가와 단체의 노래들을 지었다. 이들 가운데 몇 편은 2013년에 연세대학교 박물관에서 기획 전시한 '五千年間 朝鮮의 「얼」, 오늘을 물으시다' (2013. 7.17-12.31) 소책자에도 수록되어 있으나 이번에 친필 원고를 한데 모아 이 책 안에 수록하였다. 보기 드문 자료이므로 그동안 집안에 보관해 온 8·15 광복 후의 친필 수고본(親筆手藁本) 가운데 일부를 영인(影印) 출판하여 세상에 널리 알리고 영구히 보존하고자 한다.

셋째 사위 강신항
성균관대학교 명예교수

차례

자모사(慈母思)

내 생·양가 어머니 두 분이 다 거룩한 어머니다. 한 분은 월성이씨(月城李氏)니 외조는 청백하기로 유명하였다. 어머니 열 네 살에 시집와서 스물 하나에 과거하였다. 그 때 중부(仲父) 또한 궂기고 생가 선인이 겨우 열 한 살이요 조부(祖父) 삼 년 안이라 한 집에 궤연(几筵)이 셋이니 큰집 작은집 사이에도 사위스럽다고 통하기를 꺼리었었다. 선인이 말씀하기를 거의 끊어진 집이 다시 붙어서 이만큼 되기는 큰아주머니 덕이라 하였다. 이만하여도 어머니 대강을 알 수가 있다. 한 분은 나를 낳은 어머니다. 대구 서씨(大丘徐氏)의 청덕(淸德)은 세상이 알거니와 완영(完營)서 들어오던 그 저녁부터 밥 지을 나무가 없었다는 그 어른이 어머니 조부(祖父)다. 열 여섯에 새깃씨 되고 선인 직품을 따라서 정부인(貞夫人)까지 봉하였다. 두분 동서 한집에 지나다가 큰동서님보다 여섯 해 먼저 진천(鎭川)서 상사났다. 예법 유난한 속에서 나고 크고 거기서 평생을 지나고 거기서 세상을 떠났다. 말하자면 생어머니는 높고 어머니는 크다. 어머니는 대의를 잡아 구차하지 아니한 분이라 작은 그릇이라도 비뚤게 놓인 것은 그저 두지 못하였다. 그러므로 어머니 일생에 참 아닌 말씀은 한마디도 없었다.

회동(會洞) 살 때 대소가가 여러 집이 있었는데 상하 없이 "둘째댁 큰마님" 말씀이라면 누구나 다 따랐다. 생가 선인이 어느 "공고(公故)" 때인가 밤들게야 나와 안방 윗목에서 저녁상을 받을 때 우리 두 어머니, 숙모, 다 모여 앉았었다. 장지가 다 닫히지 아니하여 아랫목에 자리 셋을 깐 것이 보이었다. "큰아주머니, 맨 아랫목 작은요는 누구요?" "그건 덕경(내 종형의 아명)이 자리요." "그 다음은?" "그건 둘째댁 자리요. 방이 겨우 미지근하니 새로 데려온 조카를 뉘고 둘째댁도 추위를 타니 내가 끝으로 누울밖에 있소?" 선인이 그 말씀을 듣고 일어나서 큰 형수 앞에 절하고"아주머니 참 갸륵하시다"고 하였다.

생어머니는 큰동서 섬기기를 시어머니같이 하여 선인 "성천임소(成川任所)"에 가서 명주 한 필을 사도 큰동서께 기별하고 항아리 하나를 보아도 큰동서께 기별하고 따로 당신 것이 없었다. 만년(晩年)에 아들을 데리고 말씀하다가 너의 아버지같이 재미 없는 이가 없다고 하는 것을 선인이 지나다가 듣고 나를 불러 웃으며, "얘야, 내야 참 재미 없는 사람이다마는 젊었을 때 안에서 어려운 것이야 몰랐겠느냐? 언제인가 피륙필하고 돈 얼마를 내가 손수 전하여 보았더니라. 너의 어머니가 받느냐? 사대부의 집은 이런 법이 없다. 우로 큰동서가 계시니 드리어 나눠주신 뒤에 쓰는 것이 옳지 아니하냐 하더라. 자기도 이러면서 나더러만 재미 없다면 어찌하니?" 하던 말씀이 지금도 엊그제일 같다.

어머니 한 분을 먼저 여읜 뒤는, 한 분마저 여의면 나는 부지하지 못할 줄로 알았다. 그러다가 목천서 어머니 상사를 당했다. 그 전해겨울 내가 서울에 있을 때 병환 기별을 듣고 황급하게 내려가니 어머니 방장 극중하여 집안이 둘러앉아 우는 중이다. "어머니,

나 왔어요. 나 아시겠소?" 다 돌아간 어머니가 별안간 정신이 돌아 "암, 알고말고. 내 귀동이를 내가 몰라?" 내가 또 앞에 가 엎디어 "어머니, 내가 어머니 잡술 것 사가지고 왔소. 좀 잡수시려우?" "어서 해라. 우리 아들이 가져온 것 먹겠다. 나를 좀 일으켜라." 내게 붙들리어 일어앉아 다시 넉 달 동안을 끌었으니 어머니 "자애"가 이러하였다. 졸곡 지난 뒤 그 가을에 서울로 이사하여 오니 갈수록 설워 길 가다가도 가끔 혼자 울었다.

이 시조(時調)는 병인(丙寅)년 가을에 지었다. 옛날 어떤 효자는 설우면 퉁소(洞簫)를 불어 퉁소 속에 피가 하나더라는데 내 이 시조는 설움도 얼마 보이지 못하였거니 피 한 방울인들 묻었으리요마는 효도야 못하였을망정 설움은 설움이다. 어머니 일을 적고 내 시조를 그 아래 쓰니 시조는 오히려 의지가 있는 것 같다.

1

가을은 그 가을이 바람불고 잎 드는데
가신 님 어이하여 돌오실 줄 모르는가
살뜰이 기르신 아희 옷 품 준 줄 아소서

2

부른 배 골리보고 나은 얼굴 병만 녀겨
하로도 열두 시로 곳어떨까 하시더니
밤송인 쭉으렁인채 그저달려 삼내다

3

동창에 해는뜨나 님 계실 때 아니로다
이설음 오늘날을 알앗드면 저즘미리
먹은 맘 다된다기로 압떠날줄 잇스리

4

참아 님의 낫을 흙으로 가리단말
우긋이 엉겟스니 무정할손 추초(秋草)로다
밤니여 꿈에 뵈오니 편안이나 하신가

5

반갑던 님의 글월 설음될 줄 알엇스리
줄줄이 흐르는정 상긔 아니 말럿도다
받들어 낫에 대이니 배이는 듯하여라

6

뮌 나를 고히 보심 생각하면 되서워라
내양자(樣子) 그대로를 님이 아니 못보심가
내업서 네뮈워진 줄 어이네가 알것가

7

눈 한번 감으시니 내 일생이 다 덥혀라
절 보아 가련하니 님의속이 엇더시리
자던 닭 나래처울면 이때러니 하여라

8

체수는 적으서도 목소리는 크시더니
이 업서 옴으신 입 주름마다 귀엽더니
굽으신 마른허리에 부즈런이 뵈더니

9

생각도 어지럴사 뒤먼저도 바업고야
쓰다간 눈물이요 쓰고 나니 한숨이라
행여나 님 들으실까 나가 외와 봅내다

10

미다지 다치엿나 열고내다 보시는가
중문 턱 밧비넘어 압안보고 거렷더니
다친 팔 도진다마는 님은어대 가신고

11

젓일흔 어린손녀 손에키고 등에길러
색시꼴 백여가니 눈에오즉 밟히실가
봉사도 님따라간지 아니든다 웁내다

12

바릿밥 남 주시고 잡숫느니 찬 것이며
두둑키 다입히고 겨울이라 열븐옷을
솜치마 조타시더니 보공되고 말어라

13

썩이신 님의속을 깁히알이 뉘있스리
다만지 하로라도 우음한번 도읍과저
이저리 쓰옵던애가 한꿈되고 말아라

14

그리워 하그리워 님의신색 하그리워
닮을이 뉘업스니 어댈향해 차지오리
남으니 두어줄눈물 어려캄캄 하고녀

15

불연듯 나는생각 내가어이 이러한고
말갈데 소갈데로 이진듯이 열흘달포
설음도 팔자업스니 더욱늣겨 합내다

16

안방에 불 비치면 하마 님이 계시온 듯
닫힌 창 바삐 열고 몇 번이나 울었던고
산 속에 치위 일르니 님을 어이 하올고

17

밤중만 어매그늘 세번이나 나린다네
게서 자라날제 어인줄을 몰랏고녀
님의공 깨닫고보니 님은발서 머서라

18

태양이 더웁다해도 님께대면 미지근타
구십춘광(九十春光)이 한우음에 펴지서라
멀찌기 아득케나마 바랄날이 언제뇨

19

어머니 부르올제 일만잇서 부르리까
젓먹이 우리애기 웨또찻나 하시더니
황천(黃泉)이 아득하건만 혼자불러 봅내다

20

연긘가 구름인가 녯일벌서 희미(熹微)해라
눈가마 뵈오려니 떠오느니 딴낫이라
남업는 거룩한복이 언제런지 몰라라

21

등불은 어이밝아 바람조차 부는고야
옷자락 날개삼아 훨훨중천 나르과저
이읔고 비소리나니 잠못일워 하노라

22

풍상(風霜)도 나름이라 설음이면 다설음가
오십년 님의살림 눈물인들 남을것가
이저다 꿈이라시고 내키만을 보서라

23

북단재 뾰죽집이 전에우리 외가(外家)라고
자라신 경눗골에 밤동산은 어대런가
님 눈에 비취던무산 그저열둘이려니

24

목천(木川)집 안방인데 누으신양 병중이라
손으로 머리집자 님을따라 서울길로
나다려 말씀하실젠 진천인 듯 하여라

25

뵈온배 꿈이온가 꿈이아니 생시런가
이날이 한꿈되어 소소로쳐 깨우과저
긴세월 가진설음을 맘껏하소 하리라

26

시식(時食)도 조컨마는 님께들여 보올것가
악마듸 풋저림을 이업슬을 때 잡숫더니
가지록 뼈아퍼내다 한(恨)이라만 하리까

27

가까이 겻해가면 말로못할 무슨냄새
마시어 배부른듯 몸에품겨 봄이온듯
코끗헤 하마남은가 때때마터 봄내다

28

님분명 계실것이 여긔내가 잇도소니

내분명 갓슬것이 님가신지 네해로다

두분명 다허사왜라 뵈와분명 하온가

29

친구들 나를일러 집안일에 범연타고

안해는 서워라고 어린아희 맛업다고

여린맘 설음에찢겨 어대간지 몰라라

30

집터야 물을것가 어는무엇 꿈아니리

한깁흔 저남산이 님보시던 넷낫이라

계셧자 눈물이리만 외오보니 설워라

31

비잠간 산씻더니 서릿김에 내맑아라

열구름 뜨자마자 그조차도 불어업다

맘선뜻 반가워지니 님뵈온 듯 하여라

32

마흔의 외둥이를 응아하자 맛동서께

남업는 자애엿만 정갈릴가 참으셧네

이엇지 범절만이료 지덕(至德)인줄 압내다

33

찬서리 어린칼을 의로죽자 내잡으면
분명코 우리님이 나를아니 붓드시리
가서도 계신듯하니 한걸음을 긔리까

34

어느해 헛소문에 놀라시고 급한편지
네거름 헛드듸면 모자다시 안본다고
지질한 그날그날을 뜻바덧다 하리오

35

백봉황(白鳳凰) 깃을부처 도솔천궁(兜率天宮) 향하실제
아득한 구름한점 녯강산이 저긔로다
빗방울 오동에드니 눈물아니 지신가

36

엽둔재 놉흔고개 눈바람도 경이랏다
가마 뒤 자즌걸음 얘기어이 그쳣스리
주막집 어든등잔이 맛본상을 비춰라

37

이 강이 어는강가 압록(鴨綠)이라 엿자오니
고국산천이 새로이 설워라고
치마끈 드시려하자 눈물벌서 굴러라

38

개울가 버들개지 바람따러 휘날른다
행여나 저러할라 돌이고도 굴지 마라
이말슴 직혓다한들 누를향해 살윌고

39

이만 사실님을 뜻조차도 못바든가
한번 상해들여 못내산채 억만년을
이제와 뉘우치란들 님이다시 오시랴

40

설워라 설워라해도 아들도 딴 몸이라
무덤풀 우군오늘 이살부터 있단말가
빈말로 설은양함을 뉘나밋지 마옵소

담원 정인보 전집 1, 시조 · 문학론외 연세대학교 출판부 1983.

편지

어머니에게 보낸 편지들

1.

어마님 하셔 뵈오니 ᄒᆞ도 반갑ᄉᆞᆸ 그 동안 안녕ᄒᆞ옵시고 아바님 좀 나어지ᄂᆡ시는 일 너모 만힝이오이다. ᄌᆞ는 잘 잇ᄉᆞᆸᄂᆞ이다. 셩원경에게 일젼 샹셔듕 너은 쪽지 보경 쥬어 ᄎᆞ져오게 ᄒᆞ시ᄋᆞᆸ소셔. 총〃 긴 말삼 못ᄒᆞᄋᆞᆸᄂᆞ이다.

삼월 쵸이일 ᄌᆞ 샹셔

언니께는 총〃 답장 못ᄒᆞ오며 광쥬 병환 엇더시다 ᄒᆞᄋᆞᆸᄂᆞ니잇가.

속버션은 잘 왓ᄉᆞᆸᄂᆞ이다. 박쳘희게서 온 ᄒᆞ인이 하 ᄌᆡ촉 긴 말삼 못ᄒᆞᄋᆞᆸᄂᆞ이다.

2.

어마님 젼샹셔

ᄒᆞ졍 어나ᄊᆡ 엇ᄌᆞ올 길 업ᄉᆞ오나 무엇 ᄉᆞ셔 붓칠 쌔 편지를 갓치 붓치랴 이 날 져 날 ᄒᆞ여 수일 샹셔 못ᄒᆞ엿ᄉᆞᆸᄂᆞ이다. 두 번 ᄒᆞ신 ᄒᆞ셔 다 자셔이 뵈왓ᄉᆞᆸ고.

긔후 과이 못지 아니신 일 만힝이오나 거긔 범졀이 엇더ᄒᆞ옵시며 잡수시는 것이 오작ᄒᆞ랴 마음은 어마님 겻흘 써나지 못ᄒᆞᄋᆞᆸᄂᆞ이다. 아바님 졔졀은 ᄎᆞ〃 나으신가보오니 만힝이오나 됴셕에 ᄇᆡᆨ판 무얼 ᄒᆞ여 드리는지 셔울은 각ᄉᆡᆨ 반찬거리가 싸고도 흔ᄒᆞ오니 ᄉᆡᆼ각만 날로 간졀ᄒᆞᆯ쑨이오이다. ᄌᆞ는 몃칠 감긔로 알타가 어제붓터는 아죠 낫ᄉᆞ오니 걱졍 마르시ᄋᆞᆸ소셔.

인쳔은 츄셕날 가 다녀왓ᄉᆞᆸ는ᄃᆡ 김오장 집은 ᄆᆡ오 어려운 모양이요 그 계집도 하 복가셔 갓다고 동ᄂᆡ셔 말이 보경이가 와도 못 ᄇᆡᆨ인다 ᄒᆞ오니 불상ᄒᆞ더이다. 보경이 아들 돈 일환 쥬고 왓ᄉᆞᆸᄂᆞ이다.

졍완은 어마님 ᄉᆡᆼ각 간졀ᄒᆞᆫ 모양이오니 긔특ᄒᆞ옵고 그젹게 셔평양ᄃᆡᆨ 아자마님게 다리고 가셔 경양이게까지 다녀왓ᄉᆞᆸᄂᆞ이다. 보는ᄃᆡ로 모다 ᄉᆞ보ᄂᆡ고십ᄉᆞ오ᄂᆞ 마음과 갓지 못 ᄒᆡ삼 홍합 조금 ᄉᆞ보ᄂᆡ오니 ᄒᆡ삼이 두 봉인ᄃᆡ 밧갓헤 싼 것은 어마님이 고아 잡수시고 속 상ᄌᆞ에 너은 것은 아바님 약 헐 것이오이다. 송이 됴곰 ᄉᆞ보ᄂᆡ오며 젼어도 됴곰 ᄉᆞ보ᄂᆡ오며 셕란젓은 사방으로 구ᄒᆞ여도 업셔〃 어란을 됴곰 ᄉᆞ보ᄂᆡ옵ᄂᆞ이다. 게젓은 여긔 당거노앗는ᄃᆡ 차로 붓치랴 ᄒᆞ옵ᄂᆞ이다. 신우영이게 십원은 곳 갑헛ᄉᆞᆸ고 거긔셔는 ᄆᆡ오 이왕만 못ᄒᆞᆫ 모양이옵더이다. 양목과 이곱 삼곱실 다 ᄉᆞ보ᄂᆡ오리이다. 바지와 마고쟈는 잘 입엇ᄉᆞᆸ고 두루마기 ᄎᆞ져다 입엇ᄉᆞᆸᄂᆞ이다. 홍합 ᄒᆡ삼이 보ᄒᆞᆫ다니 고아 잡수시고 우유는 어린애 먹일 것은 또 사보ᄂᆡᆯ게 이번 보ᄂᆡᆫ 우유는 사랑에 두고 아바님 잡수시게 ᄒᆞ시옵소서, 이만 알외옵ᄂᆞ이다.

팔월 십팔일 ᄌᆞ 샹셔

ᄎᆡ례에는 실과를 무얼 쓰시는지 셔울은 업는 것이 업ᄉᆞ온ᄃᆡ 보ᄂᆡ는 수가 업ᄉᆞ오니 엇지ᄒᆞ옵ᄂᆞ잇까.

송이 씨기가 좃타하시기 더 ᄉᆞ보ᄂᆡ오니 잡수시옵소셔.

3.

어제 샹셔ᄒᆞ엿ᄉᆞᆸ드니 오날 또 알외올 말삼 잇셔 샹셔ᄒᆞ옵ᄂᆞ

이다. 일간 긔후 엇더ᄒᆞ옵신지 모진 잠들기 젼 ᄎᆞ마 엇지 잇ᄌᆞ오리잇가.

아바님게셔는 더 나으신지 복모 간졀ᄒᆞ오이다. 어마님게셔 편지ᄒᆞ시면 ᄆᆡ양 자셔이 ᄒᆞ시ᄂᆞᆫᄃᆡ 요ᄉᆡ 뵈오면 ᄒᆞ실 말삼도 다 아니ᄒᆞ시니 신긔가 좆치 못하여 그러신가 동〃 못견ᄃᆡ겟ᄉᆞ오며 당목은 잘 들어간지 굼〃하오이다. ᄌᆞᄂᆞᆫ 잘 잇삽고 학교는 ᄂᆡ일 가려ᄒᆞ옵ᄂᆞᆫᄃᆡ 오날 ᄯᅩ 다른ᄃᆡ셔 ᄒᆞᆫ달 오십원 쥬마 ᄒᆞ고 밤이면 와셔 잠간 동안 문학을 강연ᄒᆞ라 ᄒᆞ오니 합ᄒᆞ야 일ᄇᆡᆨ이십환버리는 될 모양이오이다. 무슨 짓을 ᄒᆞ든지 어마님 의향을 맛추어 듸리랴는 것인ᄃᆡ 집을 엇기에 관심되ᄋᆞᆸᄂᆞ이다. 일간 ᄯᅩ 샹셔ᄒᆞ오리다. 이만 알외ᄋᆞᆸᄂᆞ이다.

구월 초삼일 ᄌᆞ 샹셔

박집이 이 근쳐 ᄉᆞᆯ기 어제 가보앗삽ᄂᆞ이다.

4.

염팔일 붓치신 ᄒᆞ셔 뵈ᄋᆞᆸ고 든〃ᄒᆞ오나 잇ᄯᆡ것 답샹셔 못ᄒᆞ와 굼〃ᄒᆞ셧슬듯ᄒᆞ오이다. 일긔 몃칠 혹한이온ᄃᆡ 긔후 과이 못ᄌᆞᆸ지 아니ᄒᆞ시ᄋᆞᆸ고 아바님 안녕ᄒᆞ시고 집안 다 무고ᄒᆞ온지 복모 간졀ᄒᆞ오이다. ᄌᆞ는 잘 잇삽고 거쳐 식음이 다 편ᄒᆞ옵고 이불은 가져와셔 집이나 다름업삽고 밤이면 손들 와셔 심심토 아니ᄒᆞ오나 집 ᄉᆡᆼ각을 ᄒᆞ오면 오작 어려우신 일이 만으시랴 차마 잇ᄌᆞᆸ지 못ᄒᆞ오며 몸이 편ᄒᆞᆫ 줄을 모르겟삽ᄂᆞ이다. 가평언니가 일젼에 와 집안 다 무고ᄒᆞ다 ᄒᆞ오며 숙길 신부례가 오날이라고 거긔 아자마님이 ᄌᆞ더러 부조를 ᄒᆞ여달나 ᄒᆞ엿스니 여북ᄒᆞ여 그럴 것이 아닐 듈 더욱 마음에 걸니기만 ᄒᆞᄋᆞᆸᄂᆞ이다.

삼팔 져구리 ᄒᆞᆫ감만 어마님이 보ᄂᆡ시면 엇더ᄒᆞ오니ᄶᅡ. 솜치마 ᄒᆞ여 드린 것 드러갓ᄉᆞᆸ더니잇가. 혹 앗갑다 아니실가 염녀오니 그러지 마르시고 곳 이부시ᄋᆞᆸ소셔. 돈을 마니 드리지 못ᄒᆞ오니 이 달은 방학달이라 내월이나 마니 드리겟ᄉᆞᆸᄂᆞ이다. 이만 알외ᄋᆞᆸᄂᆞ이다.

십이월 초육일 ᄌᆞ 샹셔

정인보의 어머니가 아들에게 보낸 편지들

1.

경시야, 이 무셔운 악한의 길의 셋치고 몸이 ᄐᆡ평ᄒᆞᆫ 지 굼〃 ᄋᆡ가 쓰여 못견ᄃᆡ겟다. 어ᄂᆞ날 집의 왓ᄂᆞ냐. 길의 셋치고 여긔를 몸도 쉬지 못ᄒᆞ고 또 오면 몸의 ᄃᆡ단 ᄒᆡ롭겟쓰니 이튼날 올 ᄉᆡᆼ각 말고 몸좀 쉬여 오는 거시 조켓쓰니 급히 오려고 ᄋᆡ 쓰지 마라. 은제든지 올 젹, 감긔 쳬증의 먹는 약 두어 쳡식 지여 가지고 오너라. 부ᄃᆡ 이튼날 오지마라. 장갑ᄒᆞᄂᆞ ᄉᆞ셔 찌고 오면 조켓다 섭〃은 둘ᄌᆡ다. 네 몸이 ᄐᆡ평ᄒᆞ여야 ᄒᆞᆫ다.

십칠일 모셔

2.

경시야, 어제 잘 드러가셔 잘 ᄌᆞ고 져녁 먹엇ᄂᆞ냐. 너를 덧업시 보ᄂᆡ고 섭섭 허슈ᄒᆞ여 종일 지향을 못ᄒᆞ엿다. 약 속〃이 먹고 공복으로 어ᄃᆡ 단니지 말고 실시ᄒᆞ지 마라. 멀니셔 ᄋᆡ쓸 부모 ᄉᆡᆼ각을 ᄒᆞ여라. 너 ᄒᆞ나만 ᄇᆞ라ᄂᆞᆫ 부모 ᄉᆡᆼ각을 ᄒᆞ여라. 다홍실 보ᄂᆡ니 허리씌ᄋᆡ ᄎᆞ라. 부ᄃᆡ 약 속히 먹어라. 언제나 올지 보고시버 웃지 견ᄃᆡᆫ다 말이냐.

3.

정완부친에게 십월 념팔일 모셔

일〃 인편 고ᄃᆡ 〃〃ᄒᆞ드니 이십일 쁜 글시 보니 잘 잇ᄂᆞᆫ 것 ᄎᆞ마 고맙고, 조이든 마음 업시니 살듯ᄒᆞ나 굼〃코 못잇치기야 마음 노ᄒᆞᆫᄃᆡ 변〃ᄒᆞ냐마ᄂᆞᆫ 편지 보고 나니 싀원 샹쾌. 금

침은 보ᄂᆡ라면 곳 보ᄂᆡ려ᄂᆞᆫ ᄒᆞ엿다마ᄂᆞᆫ, 원동만치 침식 편ᄒᆞᆫ
ᄃᆡ가 업슬 듯ᄒᆞ나, 치운 ᄊᆡ니 엇지 편ᄒᆞ겟ᄂᆞ냐. 돈은 그럴 쥴
알고 원동 드린 거슨 너모 잘ᄒᆞ엿다마ᄂᆞᆫ, 눈은 어제도 금직이
오고 나모는 업고, 이왕 나모갑 너모 졸니고 형이 너모 난감
ᄋᆡ를 ᄡᅳ니 답〃. 돈 오기를 눈이 ᄉᆡ지도록 기ᄃᆞ리다 ᄉᆞ셰ᄂᆞᆫ
그러ᄒᆞ나 다 답〃. 돈 구경도 하 못ᄒᆞ니 ᄀᆞᆸᄀᆞᆸᄒᆞ다마ᄂᆞᆫ ᄯᅩ 기
ᄃᆞ릴 밧 잇ᄂᆞ냐마ᄂᆞᆫ 셔울 잇고 너는 돈 아니 ᄡᅳᄂᆞᆫ 슈 잇ᄂᆞ냐.
청산셔 일젼 돈 삼환 ᄯᅩ 보ᄂᆡ엿ᄂᆞᆫᄃᆡ 그 돈 너모 속히 보ᄂᆡ여
ᄂᆡ가 ᄃᆡ단이 노엿ᄂᆞᆫ 모양이니 좀 아니 되엿다. ᄂᆡ 소음치마를
ᄒᆞᆫ다니 그 갑시 작겟ᄂᆞ냐. 그것 아니라도 너보다 치위는 모르
고 잘 먹고 한고는 모르ᄂᆞᆫ ᄉᆞᄅᆞᆷ을 소음치마는 우에 ᄒᆞᄂᆞ냐. 각
ᄉᆡᆨ으로 ᄂᆡ가 ᄎᆞ마 ᄋᆡ삭ᄒᆞ여 속이 다 조이는ᄃᆡ 치마가 다 무어
시냐. 나뮈 금침 너모 덥허 ᄎᆞ마 ᄶᅡᆨᄒᆞ드니 가져가니 다힝ᄒᆞ다.
편지 붓치랴 발셔 ᄡᅥ노코 네 편지 기ᄃᆞ리든거시기 갓치 보ᄂᆡ
니 보아라. 우리ᄂᆞᆫ 다 잘들 잇고 봉순 더 나아 지ᄂᆡ고 영모도
좀 나으니 다힝ᄒᆞ다. 엽셔라도 ᄌᆞ로만 붓쳐 ᄋᆡ만 ᄡᅳ게 마랴.
이 다음 편의 영감 줌치 ᄉᆡᆫ, 오ᄉᆡᆨ으로 ᄒᆞ나만 ᄉᆞ보ᄂᆡ여다고.

4.

그 동안 날포 편지 못보아 간장 녹든 셜치를 ᄒᆞ여 십일 붓친 글시 보고, 념일 붓친 엽셔를 념이일 보니 하 신통. 그러케 미양 속ᄒᆞ면 무삼 걱졍을 ᄒᆞ겟ᄂᆞ냐. 잘 잇고 칙 보고 잘 잇ᄂᆞᆫ 것 하도 금직. 념일일 붓친 엽셔 념이일 보니, 여북ᄒᆞ여 옛날 과거ᄒᆞ여 방셩 드른 셈갓다 ᄒᆞ며도, 네가 우리 소식 몰나 ᄋᆡᄂᆞᆫ 퍽 뻣셔도 네 탓일다. 너 거긔 잇ᄂᆞᆫ 동안 편지를 보고 써나면 죠켓시나 그럴가시부지 아니켓다 ᄒᆞ여, 아니 붓치고, 다른 ᄃᆡ로 가거든 붓친다 ᄒᆞ여, 네 ᄋᆡ를 그리 쓰엿다. 그 동안 영감게셔 희소도 더ᄒᆞ시고 산증이니 두루좀 편치 못ᄒᆞ시더니 약 잡슙고 지금은 나으신ᄃᆡ 당신이 편치 아니시면 겁이 나신다고, 남은 모르고 너 오ᄅᆡ 가 잇다고 시비를 ᄒᆞᆯ가. 그게 ᄎᆞ마 ᄋᆡ삭ᄒᆞ며 ᄋᆡ가 쓰이드라고 ᄒᆞ시기 나도 져 잇슬 젹보다 더 조심을 ᄒᆞ노라 ᄒᆞ엿다. 셩원경이게 맛겻다는 돈은 그졔도 찻지 못. ᄎᆞ즈라 가면 셩을 ᄂᆡ고 그져 아니쥬니 이샹. ᄎᆞ져 오기도 젼, 영감게셔 드르시고 당신 이십환만 달나시고 나는 오십환만 쓰라시나, 당초 찻기나 ᄒᆞ여야 아모가 쓰던지 아니 쓰ᄂᆞ냐. 형은 빗뭉치가 되여 큰 걱졍. 념녀가 젹지 아니타. 영감게셔 이십환 달나시는 거시 당신은 말숨 아니셔도 아마 장미산을 한식의 가시랴나 보드라. 우리는 남녀노소가 다 잘들 잇다. 너 경영ᄒᆞᄂᆞᆫ 일은 엇더케 되어가는 셈인지 알 슈가 업고, 졍당ᄒᆞᆫ 말은 드를 슈 업고, 너만 그리고, 네 소식 오ᄅᆡ 못 드르면 간장이 녹아, 지레 죽게시니 귀ᄒᆞᆫ 거시 업다. 먹기도 ᄒᆞ로 두 번 먹ᄂᆞ냐. 삼시 먹ᄂᆞ냐. 반찬은 무얼 ᄒᆞ여 먹으며, 약은 느리 먹고 찬슈가 구미에 맛느냐. 너 그리 간 후 안팟게셔 ᄉᆞ람 구경을 ᄒᆞᄂᆞ냐. ᄌᆞ근 ᄉᆞ랑이 뷔여 젹〃ᄒᆞ여 더 못견ᄃᆡ겟다시니 너모 ᄯᆨᄒᆞ드라. 우리 편지 보고 마음 노코, ᄋᆡ쓰지 말고 잘 잇다 어셔 올 도리를 ᄒᆞ여라.

이월 념이일 모셔

5.

ᄎᆞ속의셔 문빅을 만나 잘 나린 소식은 드른 셈이나, 서울 가 침식이 엇더ᄒᆞᆫ지 간 후 소식은 아득, 굼〃 향념 간졀. 네가 ᄂᆡ 소식 몰나 굼〃ᄒᆞᆯ 듯, 편지 붓친 거시 드러간지ᄂᆞᆫ 모르나, 형이 편지 셰번이나 붓쳣다니 소식은 드러실듯 노 일컷드니 엽셔로 한 것. 편지 붓친 것 십칠일 한겁ᄋᆡ 보니 든〃 ᄀᆞ득. 느리 셩치 못ᄒᆞᆫ ᄉᆞᆺ 가셔 잘 잇다니 만〃다ᄒᆡᆼ. 영감 안녕ᄒᆞ신가보니 깃부고 원동셔도 연고업나보니 만ᄒᆡᆼ. 젼위 공고는 치를지 모른다니 남ᄒᆞᄂᆞᆫ ᄃᆡ로 어련ᄒᆞ랴마ᄂᆞᆫ 나ᄂᆞᆫ 념녀가 그리 된다. ᄂᆡ 편지 붓친 것 드러가 보앗는지 굼〃. ᄀᆡ별ᄒᆞ여도 못 볼가 걱졍일다. 옥동 보ᄂᆡᆫ 것, 셔강 보ᄂᆡᆫ 것 다 잘ᄒᆞ엿다마ᄂᆞᆫ 셔강 일은 노인이시고 팔ᄌᆞ가 너모 죠타마ᄂᆞᆫ ᄉᆡᆨᄃᆡᆨ 편지가 ᄋᆡ삭ᄒᆞ다. 우리는 남녀가 다 잘들 잇고 나도 두통은 혹간 잇셔도 다른 증은 업스나 입마슨 그져 그러ᄒᆞ니 괴롭다. 뉘가 서울을 와 살나ᄂᆞᆫ지 즉히 죠흐랴마ᄂᆞᆫ 쳣지 집이 업고, 빅원을 판 즉, ᄒᆞᄂᆞᆫ 슈가 잇ᄂᆞ냐 문학을 가르친다 ᄒᆞ여도 네가 ᄀᆡ질이 남갓지 못ᄒᆞ니 그도 ᄋᆡ삭ᄒᆞ고 마음만 간졀ᄒᆞᆯ ᄲᅮᆫ일다. 편지 보고 답장 즉시 ᄒᆞᆫ다마ᄂᆞᆫ 속히 갈지 몰나 네 굼〃ᄒᆞᆫ 마음은 ᄒᆞᆫᄀᆞ질가보다. 너 굼〃ᄒᆞᆫ ᄉᆡᆼ각ᄒᆞ여 나 굼〃ᄒᆞ여 ᄒᆞᄂᆞᆫ ᄉᆡᆼ각고 편지 부ᄃᆡ 쏘 슈이 붓쳐라.

이월 초구일 모셔

6.
경완부친

엽셔라도 편지 ᄌᆞ로 붓쳐 무양ᄒᆞᆫ 소식 든든마ᄂᆞᆫ 깃부기 엇지 측냥ᄒᆞ리마ᄂᆞᆫ 슈일만 되여 못잇고 굼〃ᄒᆞ기 일반 우리 편지ᄂᆞᆫ ᄌᆞ로 아니 갈 분더러 이 편지 아니 가 굼〃 ᄋᆡ쓰겟다 ᄒᆞ면, 영감게셔 제 굼〃ᄒᆞᆯ ᄉᆡᆼ각고 당신이 엽셔도 ᄌᆞ로 붓치셧다고 평부 드리시니 걱경ᄒᆞᆯ 것 업다시기, 못 잇고 걸니ᄂᆞᆫ 마음 덜ᄒᆞ다 ᄒᆞ엿다. 어ᄂᆞ 누가 아들이 업시냐마ᄂᆞᆫ 남다른 ᄌᆞ식을 이 동졀의 ᄂᆡ여노코 침식을 ᄒᆞ고 여전이 지ᄂᆡ니 ᄉᆞ름의 욕심이 흉ᄒᆞ지 아니ᄒᆞ냐마ᄂᆞᆫ, 욕심이 흉ᄒᆞᆫ 것도 아니고, ᄉᆞ름마다 버러 살냐들은 ᄒᆞ나 남갓치 긔품 식ᄉᆞ를 잘 ᄒᆞ면 갓ᄃᆡ도 걱경을 ᄒᆞ랴마ᄂᆞᆫ 하 남과 갓지 못ᄒᆞ니 쥬야 동〃ᄒᆞᆫ 마음뿐이니 엇지 침식이 편ᄒᆞᆯ 슈 잇ᄂᆞ냐. 원동셔 다 일안들ᄒᆞ오시냐. 원동 ? 도 너모 씻치니 ᄎᆞ마 부란 답〃 념치업다기도 허름ᄒᆞ다. 우리는 안팟게셔 다 무고ᄒᆞ고 영감 비통도 너모 ᄃᆡ단ᄒᆞ시드니 점〃 나으시니 만ᄒᆡᆼ 깃부기 측냥업다. ᄂᆡ월ᄋᆡᄂᆞᆫ 방학이 된다니 긋ᄶᅦᄂᆞᆫ 올듯 어셔〃〃 달가기만 고ᄃᆡᄒᆞᆫ다. 네 옷들 입고 벗ᄂᆞᆫ ᄃᆡ로 안의 착실이 맛겻다 올 제 다 잘 ᄎᆞ져가지고 오너라. 네가 옷슬 아니 입고 가 엇더케 걸니고 못잇치ᄂᆞᆫ지 모르건마ᄂᆞᆫ 김장ᄶᅦᄂᆞᆫ 되고 인간이 잇ᄂᆞ냐. ᄌᆞ연 날포 되여 쥬졔 ᄉᆞ납고 치울 일 하도 동〃ᄒᆞ든게니 엇지다 적겟ᄂᆞ냐. 네 형은 나모며 돈으로 하 ᄋᆡ를 쓰는 모양이니 답〃 ᄯᅡᆨᄒᆞ다.

ᄇᆡ지는 회식ᄇᆡ지를 ᄒᆞ나 ᄒᆞ여 보는거시 더럼도 덜 타고 검졍ᄇᆡ지를 ᄒᆞ랴다가 검졍ᄇᆡ지ᄂᆞᆫ 아희들과 다르고 검졍이ᄂᆞᆫ 언빤코도 점잔타고 회식으로 ᄒᆞ라기 회식을 드려더니 빗치 너모 죠흐니 ᄇᆡ지가 너모 더럽게시니 어셔 입어라. ᄇᆡ지 둘을

보ᄂᆡ니 너 입고시분 ᄃᆡ로 입고 아니 입는 거슨 안의 드래다 두어라.

7.

졍완부친

소식 드른지 날포 되니 굼〃. 경〃 못잇ᄂᆞᆫ 말 엇지 다 측량ᄒᆞᆯ가. 날ᄉᆞ이 ᄐᆡ평ᄒᆞ고 쳐소가 불을 ᄯᆡ면 더웁기나 ᄒᆞ고 한고나 우심치 아닌지. 날이 더 치우면 ᄋᆡ삭 못잇ᄂᆞᆫ 마음 엇지 시작ᄒᆞᆯ가. 나ᄂᆞᆫ 치위를 모르고 슉식이 편ᄒᆞ고 어린것들과 날가ᄂᆞᆫ 쥴을 모르고 큰년의 요신 부리ᄂᆞᆫ 걸노 더욱 ᄌᆞ미를 붓쳐 날가ᄂᆞᆫ 쥴을 모른다.

셰젼 한번 올ᄂᆞᆫ지. 지금은 학교의 단니들 아니ᄒᆞᆫ다나 그ᄅᆡ도 여가 틈도 업게고, 우선 돈이 들게시니, ᄌᆞ로 왕ᄂᆡ야 ᄒᆞᄂᆞᆫ 슈 잇슬 슈 업슬듯. 아모ᄡᅧᆨ도 모르며 언제나 좀 오려ᄂᆞᆫ가 죵작업시 기ᄃᆞ리면, 영감게셔는 기ᄃᆞ리도 말나시며, 잘 잇ᄂᆞᆫ 것만 금직이 알고, 돈보ᄂᆡ거든 ᄡᅳ기나 ᄒᆞ라시기 우셧다. 악한의 그 ᄋᆡ를 ᄡᅳ고 단니며 약도 좀 못먹으니 답〃. ᄎᆞ마 답〃ᄒᆞ니 약 좀 먹으면 아니 조흐랴. 우리는 다 잘들 잇고 무고들 ᄒᆞ다마ᄂᆞᆫ, 영감 비통은 죵시 싀원이 낫지 아니시니 ᄯᅡᆨᄒᆞ다. 형은 나모며 ᄉᆞ면 졸니고 하도 ᄋᆡ를 ᄡᅳ니 보기 답〃. 봉슌 영모가 ᄯᅩ 알아 걱졍일너니 좀들 나으니, 만힝〃〃. 형은 아환의 ᄋᆡ졀, 돈으로 ᄋᆡ졀 너모 ᄯᅡᆨᄒᆞ다. 이왕 가져온 돈 슉질이 좀 ᄡᅳ고 보름날 졔슈를 ᄯᅩ ᄋᆡ를 ᄡᅳ니 모도가 난감 답〃만 ᄒᆞ다. 쳔안쟝 졔슈흥졍 편 슉ᄌᆞ 붓치니 곳 답장 붓쳐 잘 잇ᄂᆞᆫ 것 알게 ᄒᆞ여라.

십일월 십삼일

8.

짐이 되여 묵어게시나 굴비도 잘못 ᄉᆞ면 먹을 슈 업시니 셔강좀 ᄉᆞ달나고 ᄂᆡ 싱일날 먹을 게니, 두 뭇만 부ᄃᆡ ᄉᆞ가지고 오너라마는 돈도 걱졍이고 짐이 되게시니 ᄯᆨᄒᆞ다. 부ᄃᆡ 네 유모 ᄒᆞᆫ장만 더 쥬고 혼인ᄃᆡ 돈이 업셔 그걸 주엇노라 ᄒᆞ여라. ᄇᆞ늘 굴근 걸로 ᄉᆞ고 부ᄃᆡ 원동셔 ᄉᆞ야 ᄇᆞ늘 갓흔 걸 산다. 다 무심이 듯지 마라. 우리는 다 잘들 잇다.

9.

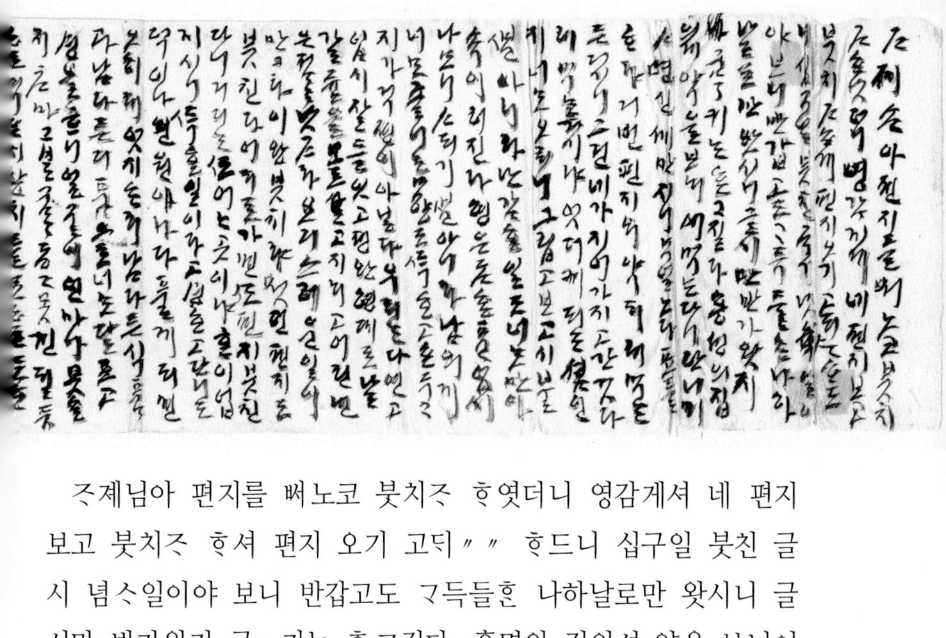

ᄌᆞ졔님아 편지를 뻐노코 붓치ᄌᆞ ᄒᆞ엿더니 영감게셔 네 편지 보고 붓치ᄌᆞ ᄒᆞ셔 편지 오기 고ᄃᆡ〃〃 ᄒᆞ드니 십구일 붓친 글시 념ᄉᆞ일이야 보니 반갑고도 ᄀᆞ득들ᄒᆞᆫ 나하날로만 왓시니 글시만 반가왓지 굼〃키는 ᄒᆞᆫ ᄀᆞ질다. 홍명의 집의셔 약을 보ᄂᆡ어 먹는다니, 단니며 ᄉᆞ면 신세만 지니 무얼로 다 표를 ᄒᆞ랴. 거번 편지의 약 ᄃᆡ려 먹ᄂᆞᆫ든거시니 그건 네가 지어 가지고 간 것 다려먹ᄂᆞᆫ 거시냐. 엇더케 될 셰인지 너모 오ᄅᆡ니 그립고 보

고시불 쁀 아니라 난감ᄒᆞᆫ 일도 너모 만아 속이 터진다. 형은 돈 ᄒᆞᆫ푼 업시 나모니 ᄉᆞᄃᆡ기 쁀아니라 남의게 너모 졸니ᄂᆞᆫ 모양도 ᄯᅡᆨᄒᆞ고 ᄒᆞᆫ 두ᄀᆞ지가 걱졍이 아닐다. 우리ᄂᆞᆫ 다 연고업시 잘들 잇고 경완형례로 날 가ᄂᆞᆫ 쥴 모르고 지ᄂᆡ고, 어린년은 점〃 낫ᄌᆞ라 요긔스러운 일이 만타. 이왕 붓치랴 썻던 편지도 붓친다. 어ᄃᆡ로 가면 ᄯᅩ 편지 붓친다니 거긔ᄂᆞᆫ ᄯᅩ 어ᄂᆞ 곳이냐. ᄒᆞᆫ이 업게시니 ᄯᅡᆨᄒᆞᆫ 일이다. 고ᄉᆡᆼᄒᆞ고 단니ᄂᆞᆫ 덕이나 원이나 다 풀게 되면 오히려 엇지ᄒᆞ리. 남다른 식품과 남다른 긔품으로 너모 달포 고ᄉᆡᆼ을 ᄒᆞ니 얼굴이 언마나 못ᄒᆞᆯ지 ᄎᆞ마 곱〃 굼〃 동〃 못견딀듯 ᄒᆞᆯ 적은 지향치를 못ᄒᆞᆯ듯ᄒᆞ드라. ᄉᆞ연 긋치니 그져 잘만 잇거라.

삼월 념ᄉᆞ일 모셔

10.

경완부 보쇼

아모리 소식은 ᄌᆞ로 듯ᄂᆞᆫ다 ᄒᆞ여도 써ᄂᆞᆫ지 발셔 삼삭이 되어 거의 ᄉᆞ삭이 되게시니 아들이 여러히라도 보고시불ᄃᆡ 아득히 달포〃〃를 아득히 그리니 피ᄎᆞ의 그만치 무고ᄒᆞᆫ 일은 금직ᄒᆞ다마ᄂᆞᆫ 너모 달포 되니 그립고 보고시부고, 남들ᄭᆞ지라도 보고시버 그러케 오릐 써나 잇ᄂᆞ냐들 ᄒᆞᆫ다. 잘 잇고 아즉도 거긔 그져 잇게ᄂᆞ냐. 어ᄃᆡ로 ᄯᅩ 가겟시면, 어ᄂᆞ 달노 나오게ᄂᆞ냐. 별로이 긴ᄒᆞᆫ 말은 업셔도 네가 굼〃ᄒᆞᆯ듯 슈ᄌᆞ 젹으니 편지 ᄯᅩ 속히 붓쳐 소식이나 ᄌᆞ로〃〃 듯게 ᄒᆞ여라. 우리ᄂᆞᆫ 노소가 무고들ᄒᆞ다. 반찬ᄒᆞ여 보닌 집, ᄉᆡᆼ각ᄉᆞ록 젹지 아닌 마음이니 무얼로 표를 ᄒᆞ랴. 네가 업스니 붓도 어더 쓸슈 업셔 갓득ᄒᆞᆫ 글시 형ᄌᆞ가 아니 되니 편지 속의 붓 ᄒᆞ나만 너어 보ᄂᆡ겟거든

ᄒᆞ나 너어보ᄂᆡ여라

삼월 념삼일 모셔

11.

정완부야

초오일 쁜 글시 초구일 보고는 아득히 소식을 모르고 혹시 졔ᄉᆞ날이 공일이라기 혹 오ᄂᆞᆫ가 눈이 ᄉᆡᆨ지다기 기ᄃᆞ리고 편지나 올가 멧ᄀᆞ지로 기ᄃᆞ려도 깜아케 소식이 아득ᄒᆞ니 하로 슈쳔냥을 번ᄃᆡ도 그것 먹고 부지ᄒᆞᆯ 슈 업고, 먹는 살이 점이업셔지게시니 엇져ᄒᆞᆫ 죠흘지 묘ᄎᆡᆨ이 업다. 잘이나 잇고 신긔와 견ᄃᆡᆯ 만ᄒᆞ기나 ᄒᆞᆫ지 슉식은 원동셔 아죠 ᄒᆞᄂᆞᆫ게 도쳐 부란〃〃. 못오면 편지나 부칠ᄃᆡ 편지를 그리 ᄌᆞ로 붓치드니 엇전 일인지하 아득, 젼보라도 ᄒᆞ여보고 시부건만, 네가 놀닐가 그도 못ᄒᆞ고 일〃 안팟게셔 동〃. 그 날 심녀ᄒᆞᆫ 말 엇지 시작ᄒᆞ랴. 정완말이 원동 ᄀᆞ니 고은 거시 만타고 다 보내쥬마셧다고 제 외할멈이 돈 일환 나 고기ᄉᆞ쥬라고 ᄉᆡᄃᆡᆨ 갓다 쥬란 것 제 외할머니 드리고 잇고 못 ᄎᆞ져오고, 과ᄌᆞ샹ᄌᆞ도 준 것 잇고, 옷ᄀᆞ지도 다 보ᄂᆡ마신 것 밤낫 힝ᄌᆞ치마 셩화ᄒᆞᆫ 것 ᄒᆞ여주신 것 보ᄂᆡ마셧다고 일〃 노ᄅᆡᄒᆞ니 이 편지 보실만 ᄒᆞ게거든 ᄯᅡ로 편지ᄒᆞᆯ 슈 업시니 보시게 ᄒᆞ여라. 우리는 안팟노쇼업시 다 잘들 잇시니 걱정 말고, 못 오거든 슈ᄌᆞ식 편지만 붓쳐 무양ᄒᆞᆫ 줄만 알게 ᄒᆞ면 ᄐᆡ산일다.

구월 십칠일

12.

샹인보쇼

초이일 쁜 글시 초ᄉᆞ일 보니 신속도 ᄒᆞ고 침식이 다 편ᄒᆞ다니 만힝〃〃 그런 다힝이 다시 업다마는 어ᄂᆞ 일으기를 밤ᄉᆡ 평안이라 말과 갓흐며 슈일만 되여도 굼〃. 원동 가 잇겟다기 다힝이 여기엿드니 ᄉᆞ랑으로 드르니 그져 월궁동 잇다니 이왕과 다르고 어ᄃᆡ ᄒᆞᆫ이 단닐 것 아니고 박인드시 게셔 먹으니 부란 답〃 너모 념의가 업셔 걱졍이고 언제나 오나, 아모것도 모르며 너 올 날만 기ᄃᆞ리ᄂᆞᆫᄃᆡ, 너 올 날은 아즉도 머럿다고 ᄒᆞ니, 날은 치워지고 그러케 ᄀᆡ고 오ᄅᆡ ᄒᆞᆯ ᄉᆞ름이 못 되ᄂᆞᆫᄃᆡ 엇더케 ᄒᆞ며, 쥬인집 더욱 부란. 멧〃ᄀᆞ지로 심녀가 되여, ᄒᆞᆫ ᄊᆡ 마음이 편ᄒᆞᆯ 젹이 업고, 네 슈즁이 막〃ᄒᆞ여, ᄒᆞ고시분 것 ᄒᆞ나 못 ᄒᆞᄂᆞᆫ 모양이니 ᄎᆞ마 ᄋᆡ삭. 집이 굼〃ᄒᆞ여 그러치 서울 잇ᄂᆞᆫ 거시 네게ᄂᆞᆫ ᄒᆡ롭지 아니나, 우리 동〃ᄒᆞᆫ 마음은 일시 편ᄒᆞᆫ 날이 업다. 우리는 다 잘들 잇고, 나도 너 간 후, 상식 참ᄉᆞ나 좀 더러 ᄒᆞᄌᆞ드니 졍완이가 고연방 엽희만 가도 울고 날치니 너 잇슬 제나 ᄒᆞᆫ ᄀᆞ지로 참ᄉᆞ도 못ᄒᆞ고 서름을 너어 두니 속이 곰긴다 ᄒᆞ엿다. 느리 편지 붓친 것 다 보앗ᄂᆞ냐. ᄂᆡ 나막신 혹 샷ᄂᆞᆫ지, 만일 돈 업거든 걱정 말고 아즉 아니 ᄉᆞ고, 필경 ᄉᆞ게거든 원동마노라 신보다 ᄎᆡ 큰 거스로 ᄉᆞ야 겨울 소음 ᄃᆞᆺ거운 보선의도 신겟다. 오날 졍완 ᄉᆡᆼ일은 쥬ᄉᆞ댁과 ᄒᆞᆫ날이니 고기나 좀 ᄉᆞᄌᆞ더니 돈 업셔 그것도 못 ᄉᆞ고 잇드니 쥬ᄉᆞ가 츙쥬 갓다가 오는 길의 고기 오냥어치를 사ᄀᆞ지고 와 구어들 주엇다. 너는 서울셔 더 잘 먹고 이 소식 아니 먹겟다 ᄒᆞ얏드니 졍완이가 아버지는 원동서 오ᄌᆞᆨ 잘 먹으랴 ᄒᆞ여 우셧다.

구월 초육일 모셔

13.

소포는 붓친지 그러케 오ᄅᆡ간만 편지와 갓치 와, 다 ᄌᆞ시 밧고, 영감 ᄇᆡ지ᄀᆞ음 너모 죠코, 그것슨 먼져와 ᄒᆞᄂᆞ니 그러 ᄒᆞᆯ 거시 밤낫 아모거시 쳑이고 글이지 먹고 입ᄂᆞᆫ 것ᄋᆞᆫ 네가 아는 ᄉᆞᄅᆞᆷ이냐. 일곱 살의 둥〃이 ᄒᆞᆫ 것 갓다고 부모ᄌᆞ식 ᄉᆞ이라도 잇ᄂᆞᆫ 것 업ᄉᆡ든 아니코 버러 쥬ᄂᆞᆫ 것은 다 됴흔가 보드라. 영감갓치 물욕과 ᄌᆞ리는 업셔도 금직이 아니 여기시는 터이건마ᄂᆞᆫ 너모 죠하ᄒᆞ시ᄂᆞᆫ 모양이시고 늘ᄀᆡ 져런 효도가 잇ᄂᆞ냐고 아쥬머니가 져런 효도 ᄇᆡ다보기 쳐음이지 ᄒᆞ시기 쳐음이기 이르랴 ᄒᆞ고, 영감은 쳐음 아니시냐고 ᄒᆞ엿더니 너 나핫실 제 이게 ᄌᆞ라 은방울 ᄎᆞ고 단니며 어머니 부를 것만 보도록 ᄉᆞ라도 흠직하게 다드니 언마나 죠흐냐 ᄒᆞ시기 웃고 여간 금직만 ᄒᆞ지 아니건마ᄂᆞᆫ 오히려 다 모른다고 ᄀᆡ고와 치위 격는 거시 ᄎᆞ마 ᄋᆡ삭다 ᄒᆞ며도 원동이니 집만 못ᄒᆞ지 아니케시니 마음은 노코 지ᄂᆡᆫ다 ᄒᆞ엿다. 형은 죵삭은 ᄎᆞ〃 드려오고 나모갑 너모 ᄋᆡ를 쓰니 답〃. 돈도 ᄌᆞ시 ᄇᆡ다 안팟기 형ᄒᆞ고 난화 쓰겟다마ᄂᆞᆫ 셜샹의 그 치위의 네가 번 돈을 허풀이 쓰ᄂᆞᆫ거시 졀통ᄒᆞ나 다 아니 ᄲᆞᆯ지 못 하니 다 졀통ᄒᆞ다. 네 유모도 좀 쥬어야 ᄒᆞ겟ᄂᆞᆫᄃᆡ 쏙ᄒᆞᆫ 일이다. 가평쥬ᄉᆞ게ᄂᆞᆫ 돈이나 삼기거든 이환짐 쥬지, 삼팔을 엇지 필의셔 ᄉᆞᆫ어ᄂᆡ겟ᄂᆞ냐. 그 삼팔은 두엇다가 졍완 혼인의 쓰겟다. 소음 치마ᄂᆞᆫ 너모 과ᄒᆞ다. 빨〃ᄒᆞᆫ 명쥬로나 ᄒᆞ지 너는 눈도 엇지 그리 놉흐냐. 삼팔 삼동쥬가 다 무어시냐. 돈만 앗갑건마는 네 뜻을 엇지 어긔여 아니 입으며, 영감게셔도 어셔 입지, 집어 넛치 말나시기 더워도 입으랴 ᄒᆞ고 우셧다. ᄀᆡ담을 ᄒᆞ랴면 만타마ᄂᆞᆫ 다 못 젹으니 편지 ᄯᅩ 슈이 붓쳐라.

14.

졍완부

일젼 편지 붓쳣건마ᄂᆞᆫ 옷 붓치ᄂᆞᆫᄃᆡ 굼굼ᄒᆞᆯ듯 슈ᄌᆞ 붓친다. 날ᄉᆞ이 잘 잇고 월궁동셔 묵고 먹ᄂᆞ냐. 하 셋쳣시니 신긔 관계치 아니ᄒᆞ고 어ᄂᆞ날 오ᄂᆞ냐. 겹거슨 하 보ᄂᆡ라기 보ᄂᆡ나, 날이 치우니 입을지 모르겟시나 보닌다마ᄂᆞᆫ 짐만 되지 입지ᄂᆞᆫ 못ᄒᆞᆯ가보다. 먼져 붓친 편지 드러갓는지. 다 잘 가지고 오너라. 우리는 다 잘들 잇다. 무삼 반찬 ᄉᆞ가지고 올만 ᄒᆞ거든 좀 ᄉᆞᄀᆞ지고 오너라. 셔방 부ᄃᆡ 단니고 안의 드러가 단녀오너라. 즁평이ᄂᆞᆫ 영감 오시ᄂᆞᆫᄃᆡ 왓다. 졍완이가 편지 붓치지 못 셩화ᄒᆞ기 보ᄂᆡ니 보아라.

이월 회일 모셔

15.

지금 드르니 셰리하인이 그져 방속의 누어드라니 알ᄂᆞᆫ 거슐 속이ᄂᆞᆫ지, 간장이 녹을 것 갓흐면 녹겟시니 속〃히 바른ᄃᆡ로 편지 붓쳐 쾌ᄎᆞ〃 〃 ᄒᆞᆫ 것 알게 ᄒᆞ여라.

16.

졍완부

글시 본지 하 오ᄅᆡ니 굼〃 향념 간졀간졀 엇젠 일노 이번 가셔ᄂᆞᆫ 이러케 편지를 아니 붓쳐 이러케 ᄋᆡ를 쓰이ᄂᆞ냐. 잘 잇ᄂᆞᆫ 편지 슈ᄌᆞ라도 붓쳐 네 소식만 알게 ᄒᆞ지, 간장 다 녹아 못견ᄃᆡ겟다. 잘이나 잇고 언제들 오려ᄂᆞ냐. 간밤도 잠 ᄒᆞᆫ잠을 다 못 ᄌᆞ고 ᄋᆡ 말나 죽겟다. 우리ᄂᆞᆫ 아모 연고업시 다들 잘들 잇다.

체부 오기만 눈이 ᄉᆡ지게 기ᄃᆞ려도 번번이 편지가 업시니 이

상 각식 념녀 동〃 못견ᄃᆡ겟다. 아모리 골몰ᄒᆞᆫ들 그ᄃᆞ지 편지를 아니 붓치ᄂᆞ냐. 영감은 ᄇᆡᆨ판 ᄒᆞᆫᄌᆞ 쥬무시고 너모 젹〃 하어려워 ᄒᆞ시니 각식으로 속만 ᄐᆞᆫ다. 편지 보고 곳 편지좀 붓쳐 ᄋᆡ좀 덜 쓰여라.

구월 이십일 모셔

17.

샹인 보아라

너를 ᄶᅧ나 보ᄂᆡ고 ᄎᆞ마 못잇고 잘 간 소식도 즉시 듯지 못 ᄎᆞ마 못잇게드니 잘 가고 가셔 밥도 잘 먹엇다고 ᄃᆡ직 영감게셔 념녀 말나 ᄒᆞ셧시니 ᄎᆞ마 깃부고 다힝〃〃ᄒᆞᆫ 즁 면녜틱일 이 멀니나 아니 나ᄂᆞᆫ가 동〃 날ᄌᆞ 더워오고 ᄋᆡ가 그리 쓰이더니 그만치 속히 난 일 만힝〃〃이나 각ᄉᆡᆨ으로 마음이 쓰이고 음셩을 발셔 ᄯᅩ 갓다니 길의 너모 셋치ᄂᆞᆫ 일 ᄎᆞ마 동〃. 면녜ᄒᆞ올 젹 하관시의ᄂᆞᆫ(?) 샹인들이 아니 보기들 ᄒᆞ니 하관시의(?)ᄂᆞᆫ 부ᄃᆡ〃〃 보지 말고 완장 지ᄂᆡᄂᆞᆫ거시 금즉ᄒᆞ니 부ᄃᆡ 곡과이 ᄒᆞ지 마라. 동〃ᄒᆞᆫ 마음이 엇더타 업시니 조심〃〃ᄒᆞ고, 베젹삼 ᄒᆞ나 보ᄂᆡ니 더움거든 입어라마ᄂᆞᆫ ᄃᆡ직셔 네 식ᄉᆞᄒᆞ기 심녀들 ᄒᆞᄂᆞᆫ 것 ᄶᅡᆨᄒᆞ고 답〃ᄒᆞ다. 어셔 와 집의셔 잘 쉬워야 마음 노켓다. 나는 코피도 다시 아니나고 잘잇다.

18.

이십ᄉᆞ일 쓴 붓친 글시 보고 든〃. 이왕 가 잇슬 적보다 소식은 ᄌᆞ로 드르나 굼〃 못잇치기 일반이고 올 날은 아즉도 작졍치를 못ᄒᆞ니 원동 가 느리 잇ᄂᆞᆫ지 ᄀᆡᆨ고와, 날이 ᄎᆞ〃 치워질가 걱졍. 날ᄉᆞ이 잘이나 잇ᄂᆞᆫ지 일념 못잇치고, 심녀ᄒᆞᄂᆞᆫ 일, ᄎᆞ마 ᄋᆡ삭. 원동셔도 다 무고ᄒᆞ시냐. 담빅씌ᄂᆞᆫ 그여코 ᄉᆞ보ᄂᆡ엇ᄂᆞ냐. 통이 너모 젹다마는 돈 업ᄂᆞᆫᄃᆡ 엇지 ᄯᅩ ᄉᆞ겟ᄂᆞ냐. 우리는 합뉘(?)가 다 잘들 잇고, 네 형은 츙쥬를 가고 집이 갓득ᄒᆞᆫᄃᆡ 더 쁠〃 일〃 심ᄂᆞᆫ, 그 일은 그러케 극난 어려우니 엇지ᄒᆞᆫ다 말이냐. 각ᄉᆡᆨ으로 일〃 심회가 지향업다. 어란을 ᄯᅩ ᄉᆞ보ᄂᆡ여 긴ᄒᆞᆫ 말이냐 측냥업시나 근들 ᄲᅡ니 언마 ᄲᅡ랴. 돈으로 다 걱졍, 아모것도 모르며 심녀ᄂᆞᆫ 되니 도로형 셩이 가시다. 아모라턴지 잘만 잇다오기 축슈ᄒᆞᆫ다. 병 소동 업드냐. 병소동 업ᄂᆞᆫ 말이나 알게 ᄒᆞ여라.

팔월 념팔일야 모셔

19.

졍완부야

엽셔로 ᄉᆞ랑으로 ᄒᆞᆫ 편지 본지 멧칠 아니 되엿시나 굼〃은 하다마ᄂᆞᆫ 니죵하 집 가 조셕 먹엇다 말 드르니 쾌히 나흔 듯 ᄒᆞ나 그ᄅᆡ도 굼〃ᄒᆞᆫ 거시 긔지라 날포 되엇기 부란. 단니는가 그져 못 잇치고 ᄋᆡ삭 ᄎᆞ마〃〃 못잇치ᄂᆞᆫ 거시 감긔로 십여일 아라시니 얼굴인들 좀 못ᄒᆞ엿겟ᄂᆞ냐. ᄉᆡᆼ신ᄎᆞ례의 네가 ᄉᆡᆼ각고 슈즁이나 막〃지 아니면 실과라도 ᄉᆞ가지고 올 듯, 속으로 기ᄃᆞ리다, 그 말을 ᄒᆞ엿더니 영감게셔 못온다 ᄒᆞ셔〃 덜 기ᄃᆞ렷다. 너 ᄌᆞ는 방의 석탄을 피이ᄂᆞ냐. ᄯᅦ면 잘 더웁기나 ᄒᆞ드냐. 원동셔도 다 무고들 ᄒᆞ시고 임집 산후 별탈이나 업고 잘 잇다드냐. 우리는 안팟오소업시 다 잘들 잇다마ᄂᆞᆫ, 형은 약갑 나모갑 하 졸니고 ᄋᆡ를 쓰니 답〃 싹ᄒᆞ다.

옷도 ᄒᆞ여 보ᄂᆡ니 벗는 옷, 안의 갓다 두고 어셔 버슨 거슬 가져와야 옷슬 ᄯᅩ ᄒᆞ겟시니 돈업거든 너의 장모게 좀 붓쳐쥬소셔 ᄒᆞ고 소포삭은 나즁 드리게 ᄒᆞ여라. 네 유모 셀고 다듬는 것이 너모 망측이 다듬으니 만일 ᄯᅩ 다듬게거든 밧부거든 갑슬 쥬어 잘 다듬어 달나 ᄒᆞ여라. 별노 긴이 할 업거든 엽셔라도 잘 잇ᄂᆞᆫ 것만 알게 ᄒᆞ여라.

지월 념삼일 모셔

20.

졍완부 답

날포 동안 잘 잇고, 편지 붓치든 그곳 그져 잇셔 우리 편지들 보고, 요 붓친 것도 보앗는지. 십구일 붓친 글시ᄂᆞᆫ 념육일이야 보아시니, ᄆᆡ양 편지가 그러케 더듸 와, 우리 모ᄌᆞ가 ᄋᆡ

ᄅᆞᆯ ᄡᅳᄂᆞᆫ고나. 념일〃 네가 붓친 것 념이일 보고 그 답장도 ᄒᆞ엿ᄂᆞᆫᄃᆡ 보앗ᄂᆞᆫ지. 지금은 갓ᄀᆞ이 왓다 말 드르니 더욱 보고시부고, 졍완 말이 아버지가 점〃 더 보고시부다가 이를 말이냐 ᄒᆞ엿다. 요 붓친 것 보앗ᄂᆞᆫ지 속 보선은 ᄒᆞᆫᄃᆡ 보ᄂᆡ랴다 ᄆᆞ음이 업셔 츄후로 이제야 두 커ᄅᆡ ᄒᆞ여 붓친다. 젼나도 손 ᄒᆞ나히 글 ᄇᆡ드라 와 네가 업다니가 너 간ᄃᆡ를 가르쳐 달나고, 편지 ᄒᆞᆫ쟝 ᄡᅧ 달나 ᄒᆞ여 가지고 가드니 그리 갓드냐. 갓치 간 홍명희도 평안이 잇ᄂᆞ냐. 거번 편지의도 ᄒᆞ엿다마ᄂᆞᆫ 먹기(?) 과이 어렵지 아니코, 잠ᄌᆞ리나 편ᄒᆞᆫ지 멧씨식 먹ᄂᆞ냐. 십규일 ᄡᅳᆫ 편지의 몸과 쌔를 마아도 날만 편ᄒᆞ게 ᄒᆞᄌᆞᄂᆞᆫ 마음이라 말의, ᄂᆡ 속이 무여지ᄂᆞᆫ듯 뭉쿨 너 갓ᄒᆞᆫ 아들을 두고 모ᄌᆞ가 지금갓흐며는 무이 고ᄉᆡᆼ이니 엇지 아니 분ᄒᆞ랴. 셩완경이게 부탁ᄒᆞ얏다ᄂᆞᆫ 돈은 소식도 업고, 알 슈가 업시니 급〃ᄒᆞ기만 ᄒᆞ다. 우리는 다 잘들 잇고 어린년 ᄌᆡ롱 날노 신통, 지금은 제법 것ᄂᆞᆫ다마ᄂᆞᆫ 졋슬 못 어더 먹는게 밥은 잘 아니 먹으니 ᄎᆞ마 ᄋᆡ삭ᄒᆞ다. 갓〃온ᄃᆡ로 왓다니 편지 즉시 ᄯᅩ 붓쳐라.

이월 념칠일 모셔

21.

편지 오려니 ᄒᆞ고 일〃 기ᄃᆞ렷더니 초이일 ᄡᅳᆫ 글시 초ᄉᆞ일 보니 ᄎᆞ마 반갑고 잘은 잇나 보니 만ᄒᆡᆼ〃〃일다마ᄂᆞᆫ 실시는 만이 ᄒᆞᆯ듯. 너는 아들을 잘 못두어 고ᄉᆡᆼᄒᆞᆫ다 ᄒᆞ여도 과연 말이지 늘근 부모들노 남다른 약질이 고ᄉᆡᆼ도 하 식이니 ᄎᆞ마 ᄋᆡ삭, 물욕의 버서난 ᄉᆞᄅᆞᆷ이, 그 고ᄉᆡᆼ을 ᄉᆡᆼ각지 아니코 단니랴ᄂᆞᆫ ᄉᆡᆼ각을 ᄒᆞ니 ᄂᆡ 말이지 쌔와 살이 다 ᄡᅳ린듯 돈 욕심과 이 집 쎠나고만 시분 ᄉᆡᆼ각이 잇셔 돈만 만이 벌면시분 마음이 잇시니 욕심이 아니 흉ᄒᆞ냐. 어ᄃᆡ셔 침식을 ᄒᆞᄂᆞᆫ지 그 집 신세가 젹지 아니니니 다 부란. ᄎᆞ마 념의가 업고, 날이 치워지니 ᄀᆡᆨ고를 엇지ᄒᆞ잔 말이냐. 양목은 ᄌᆞ시 밧고 ᄌᆞ슈도 쵸트라마ᄂᆞᆫ ᄇᆡ다노 코도 ᄌᆞ식 ᄋᆡ를 글거 밧군 ᄉᆡᆼ각ᄒᆞ니, ᄂᆡ가 몹쓸거시라 ᄒᆞ엿다. 공일에 단닐나 온다니 제ᄉᆞ 밋쳐 오ᄂᆞᆫ지. 그 불상ᄒᆞᆫ 제ᄉᆞ의 너도 업시면 무산 의미 잇ᄂᆞ냐마ᄂᆞᆫ ᄎᆞ마 섭〃 걸녀 말일다. 우리도 별고는 업다마ᄂᆞᆫ 영감게세ᄂᆞᆫ 죵시도 싀훤치 못, 식ᄉᆞ도 순못ᄒᆞ시고 노 편치가 못ᄒᆞ시니 종〃 걱정일다마ᄂᆞᆫ 더ᄒᆞ지는 아니시다. 너는 돈만 만이 별면 다 나 준다니 나를 쥬지 누를 쥬겟ᄂᆞ냐마는 예는 지금도 양식 ○(?)요 시량으로 다 드러가도 당치를 못ᄒᆞᆯ듯리만〃 금갓흔 ᄌᆞ식을 이 ᄋᆡ를 쓰여 먹고 산다 말이냐. 어셔 잘 벌고 긔운 식ᄉᆞ나 점〃 나아 안심치 아니코 ᄋᆡ삭ᄒᆞᆫ 마음 업게 잘만 살ᄌᆞ. 셔강 근쳐라니 문안서 십니라니 왕ᄂᆡ 이십니라니 엇지 단닐고 ᄒᆞ얏더니 보경 말 드르니 남ᄃᆡ문 졍거졍의셔 화ᄎᆞ ᄐᆞ고 졍거졍의서 나리면 학교가 머지 아니타니 그러ᄒᆞ냐. 무얼 타고 단닐듯 어련ᄒᆞ랴마ᄂᆞᆫ 모도가 ᄋᆡ삭만 ᄒᆞ다.

구월 초오일

22.

졍완부녀 보아라

날도 치워지고 간지들 오ᄅᆡ니 굼〃도 ᄒᆞᆯ 섄더러 아모리 잘 잇다 ᄒᆞ여 ᄀᆡᆨ지의 엇지 잇고 감긔 ᄒᆡ소 나을 약이나 좀 먹엇ᄂᆞᆫ지 일념 잇치들 아니 ᄒᆞ고, 졍완 오ᄅᆡ 아니오니 아쉽고도 굼〃 보고도 시부고 못견ᄃᆡ게시니 속〃히 좀 오게 ᄒᆞ여다고. 졍완부야 네가 아즉 못 올 터이면 졍완은 엇더케 온다 말이냐. 졍완아 할미 보고 시부지 아니ᄒᆞ냐. 나ᄂᆞᆫ 너 보고시부고, 아비 돈으로 ᄋᆡ쓰는 것과 갓치 마음이 쓰여 이를 슈가 업다. 아모쥬록 속〃히 와야 할ᄃᆡ 언제 온다 말이냐. 거번 편지의 아비가 돈 쥬변이 되게거든 두장만 달ᄂᆡ여 실 삼곱 이곱실 ᄉᆞ고 그외의ᄂᆞᆫ 분이니 왜멸이니 ᄉᆞ고 아기 잣좀 ᄉᆞ다 쥬게 ᄒᆞ라 ᄒᆞ엿더니 다 보아ᄂᆞ냐. 아비ᄂᆞᆫ 흔이 가 잇셔시니 못 잇칠 섄이지 이ᄃᆞ지 기ᄃᆞ려지든 아니터니 너는 쳐음 오ᄅᆡ 써나니 ᄲᆞ올 제ᄂᆞᆫ

ᄡᆞ와도 너모 보고시보고 젹〃 아쉽고, 어미가 아즉 순산은 아니ᄒᆞ엿시나 순산이나 ᄒᆞ면 뉘가 잇ᄂᆞ냐. 심부름 ᄒᆞ나 할 ᄉᆞᄅᆞᆷ 업시니 더구나 막〃 어셔 오너라. 우리는 다 잘잇다.

23.

정완부

정완 온 후 편지 붓친 것 보앗실듯 그후 날포 되니 굼〃 향념 간절, 네 편지가 올듯ᄒᆞᆫᄃᆡ 그져 아니오니 ᄎᆞ마 굼〃. 정완 말이 네가 슈이 온다드라니 졔ᄉᆞ전 오려ᄂᆞᆫ지. 잘 잇고 슉식은 그져 원동셔 ᄒᆞᄂᆞᆫ지 각ᄉᆡᆨ으로 굼〃. ᄎᆞ마 못잇치고, 업ᄂᆞᆫ거시 분ᄒᆞ고 졀통. 어ᄂᆞ날즘 오레ᄂᆞ냐. 우리ᄂᆞᆫ 다 잘들 잇고 무고들 ᄒᆞ니 만힝일다. 편지 붓친 지 날포되여 굼〃하여 ᄒᆞᆫ다고 편지 붓친다기 슈ᄌᆞ 뼈 녓ᄂᆞᆫ다마ᄂᆞᆫ, 네 편지 날포 못보니 굼〃 굼〃. 원동셔도 다 무고들 ᄒᆞ시냐. 슈즁은 막〃ᄒᆞ고 마음ᄃᆡ로 다 못ᄒᆞᄂᆞᆫ 것도 ᄎᆞ마 ᄋᆡ삭 아즉 아니 오게거든 편지 속히 붓쳐라.

구월 초삼일 모셔

24.

쥬의도 발셔 붓쳐실거슬 이졔야 보ᄂᆡ니, 네가 기ᄃᆞ려실 일도 ᄋᆡ삭ᄒᆞ고 서울은 더 칩게시니 소음쥬의 ᄉᆡᆼ각이 날듯ᄒᆞ나, 어ᄂᆞ ᄉᆞ이 소음쥬의를 입겟ᄂᆞ냐 걱정말나 ᄒᆞ여 네가 보ᄂᆡ라는 날ᄌᆞ가 느져 기ᄃᆞ렷게다. 무엇 ᄉᆞ보ᄂᆡ지 못 ᄋᆡ쓰지 마라. 김쟝이 허여지고 고기를 ᄉᆞ먹어도 여름보다 반찬이 걱정업스니 걸녀 말고 잘만 잇고 슉식ᄒᆞᄂᆞᆫ 곳 ᄌᆞ시 긔별ᄒᆞ여라.

구월 념이일 모셔

25.

경완부녀 갓치 보아라

올나간 후 편지 ᄒᆞᆫ번 붓치고는 다시 아니 붓치니 굼〃 못잇ᄂᆞᆫ ᄉᆡᆼ각을 못ᄒᆞᄂᆞ냐. 감긔와 ᄒᆡ소를 너모 ᄒᆞ든게니 여간 굼〃켓ᄂᆞ냐. 경완은 동무들과 ᄉᆞ면 ᄉᆞ랑만 밧치니 한미 ᄉᆡᆼ각 아니ᄂᆞᄂᆞ냐. 우리는 다 잘들 잇고 아즉 순산도 아니 ᄒᆞ엿다. 언제들 오려ᄂᆞ냐. 이 말이 ᄎᆞ마 나오지를 아니ᄒᆞᆫ다마ᄂᆞᆫ 영감 ᄇᆞ지ᄀᆞ음 양복 단〃ᄒᆞᆫ 걸로, 양목금이 나려시니 이십쳑만 어ᄃᆡ 외ᄌᆞ라도 어들만 ᄒᆞ게거든 좀 어더오게ᄂᆞ냐. 돈 돌닐 슈 잇게거든 돈 이환만 경완 쥬어 져의 한머니게 이곱실 삼곱실 잣시니 좀 ᄉᆞ오면 죠켓다마ᄂᆞᆫ, 봉순 간난도 샹직 잔 샹급으로 과ᄌᆞ낫좀 ᄉᆞ다 쥬면 죠켓ᄂᆞᆫᄃᆡ 돈이 업스면 근들 할 슈 잇ᄂᆞ냐. 양목 말을 마려더니 형이 말만 ᄒᆞ면 가부간 된다기 말을 ᄒᆞ나, ᄎᆞ마

ᄯᅡᆨᄒᆞ다. 원동셔는 잔치 잘 ᄎᆞ르시고 다 편안들 ᄒᆞ시냐. 경완 잇실 졔는 ᄡᅡ와더니 그만ᄒᆞ여도 아쉽고 보고시부다. 우에 편지 ᄒᆞᆫ번만 붓치고 아니 붓치니. 이샹도 ᄒᆞ고 아모리 다ᄉᆞ키로 굼〃 못잇는 ᄉᆡᆼ각을 못ᄒᆞᄂᆞ냐.

팔월 망일 모셔

26.

경완부친 앞(답)

윤국병 편 글시도 반갑거니와 당일로 소식 드르니 든〃 시원, 잘 잇는 소식 그만치 속히 드르면 굼〃ᄒᆞᆯ 것 업슬듯 ᄒᆞ건마는, 밤ᄉᆡ 경완이하고 어ᄂᆞᄶᅦᆨ 굼〃치 아니리마는 날은 칩고 의복은 부실ᄒᆞ게 가져가고 ᄎᆞ마고 걸니드니 ᄇᆡ지만 보ᄂᆡ여도 마음에 든〃 나으나 날이 치워 이러나 져러나 못잇기는 ᄒᆞᆫᄀᆞ지고 ᄯᅡᆨᄒᆞ고 답〃기도 ᄎᆞᆫᄀᆞ지가 아닐다. 우리는 별고들 업고 다 잘들 잇는 셈이나, 봉순은 그져도 뻑 낫지 못 ᄯᅡᆨᄒᆞ다. 금침을 보ᄂᆡ고시버도 ᄂᆡ왕이 극난 원동 금침이 아모리 넉〃다 ᄒᆞ여도 나뮈 것으루 덥기 부란 답〃 엇지면 죠흘지. 졍 보ᄂᆡ라면 보ᄂᆡ게시니 엇지ᄒᆞ랴. ᄉᆞ〃의 난쳐만 ᄒᆞᆯ 섄일다. 셔울 반찬 못 ᄉᆞ보ᄂᆡ여 걸녀 마라. 김장 ᄒᆞ여 노코 요ᄉᆡ는 반찬 걱졍업다. 일젼 일젼 편지 붓쳐시나 굼〃ᄒᆞ겟기 슈ᄌᆞ 젹고 당신만 잘 잇시면 걱졍이 ᄐᆡ평일세.

십월 십칠일 모셔

27.

경완부 답

너의 부녀를 ᄯᅥ나 보ᄂᆡ고 섭〃 허슈 섭〃. 엇지 가고 경완이가 ᄇᆡ가 골파실듯 ᄎᆞ마 ᄋᆡ삭ᄒᆞ드니 일녁거 속의셔 그리 울ᄃᆞᆫ

말 듯고 ᄎᆞ마 못잇치더니 잘 간 글시 든든 반갑고 ᄎᆞᆫ 글시 보니 너모 반갑고 잘들 잇다니 너모들 고맙고 졍완 울고 가 잘 잇시니 긔특. 너는 희소를 그리 몹시 ᄒᆞ드니 더 ᄒᆞ든 아닌지 그 말은 업시니 굼〃, ᄎᆞ마 못잇치고 어득ᄒᆞᆫ 것지 머거든 서울 가 예서보다는 ᄋᆡᄂᆞᆫ 좀 덜 쓰게시니 약좀 먹으면 죠켓다. 나는 더 나아 침식이 여젼 너 잇슬 제보다 ᄋᆡ를 쓰고 먹고 ᄌᆞ기와 뒤보기도 마음ᄃᆡ로 ᄒᆞ여 속이 편ᄒᆞ여 잘 잇시니 아모 걱졍 마라. 복셩이가 홍합 ᄉᆞ와 이왕 것 ᄒᆞ나 먹고 누엇다가 ᄇᆡ다 먹으며 네 간졀ᄒᆞᆫ 마음을 ᄉᆡᆼ각고 눈물이 낫다. 원동셔도 ᄐᆡ평들 ᄒᆞ셔 회갑 잘 지ᄂᆡ시니 경ᄉᆞ드라마ᄂᆞᆫ 손ᄌᆞ 못 보시ᄂᆞᆫ 것만 답〃 졀통ᄒᆞ다. 영감게셔ᄂᆞᆫ 죵시도 감셰 겨신 쥴을 모르게시니 졀박〃〃ᄒᆞ다마ᄂᆞᆫ 더 ᄒᆞ든 아니시니 ᄎᆞ〃 나으실듯 념녀는 업다. 나도 봉순 간난이가 모도 와 ᄌᆞ 샹직이 넉〃 졍완 ᄉᆡᆼ각이 더 난다.

팔월 초십야 모셔

28.

졍완 부야

이달초이일 초삼일 붓친 글시 보고, 초십일 붓친 글시 엽셔로 ᄉᆞ량으로 붓친 굴시도 다 보고 여간 ᄉᆡ훤코 반갑기만 ᄒᆞ랴마ᄂᆞᆫ 그 편지 보기 젼 소식 아득 엇더케 간장이 녹는지 밤이면 쓴 눈으로 ᄉᆡ기도 ᄒᆞ고 엇던 ᄭᆡᄂᆞᆫ 밤으로 네게도 갈듯 지향치를 못ᄒᆞ드니 초십일 붓친 글시 엽셔 붓친 것 보고, ᄎᆡᆨ 보고 잘 잇노라 ᄒᆞᆫ 것 보고야, 안팟게셔 이제ᄂᆞᆫ ᄉᆞ랏다들 ᄒᆞ엿다. 편지를 즉시 붓쳣시련마ᄂᆞᆫ 네가 편지 ᄒᆞᆯ 젹에 여긔 잇슬제 편지를 붓치신ᄃᆡ도 보고 다른ᄃᆡ로 갈지 모른다 ᄒᆞ기 아니 붓쳐 네 ᄋᆡ를 그리 쓰엿구나 언제즘 올는ᄀᆞ 그동안만 ᄒᆞ여도 ᄯᅩ 굼 (하략)

29.

졍완부친아

날포동안 잘 잇고 침식이 여전 잘 단니ᄂᆞ냐. 옷 부친 것 잘 드러가 입엇ᄂᆞ냐. 원동셔 무고들 ᄒᆞ시고 임집 산후 별 탈 업다 드냐 굼〃ᄒᆞ드라. 너는 도모지 약도 좀 아니 먹고 일〃 셋치기만 ᄒᆞᄂᆞ냐. 약도 너모 아니 먹으니 ᄎᆞ마 답〃 ᄯᅡᆨᄒᆞ다. 거쳐 방이 불을 ᄯᅦ면 더웁기나 ᄒᆞ고 무얼 ᄯᅦᄂᆞᆫ지 셕탄을 피이ᄂᆞ냐. 굼〃ᄒᆞ여 뭇는 거시니 잇지 말고 ᄃᆡ답ᄒᆞ여라. 우리는 다 잘들 잇고 무고들ᄒᆞ니 만힝. 너를 위ᄒᆞ여 무고ᄒᆞᆫ 거시 더 다힝ᄒᆞ다. 어린년 ᄇᆡᆨ일이 ᄂᆡ월초이일이니 아비라고 모를 듯 어미 마음의 섭〃이도 여기겟고 네 마음은 겨관업시 여기여도 너모 무심ᄒᆞ니 어듸 돈 좀 ᄭᅮ어셔라도 은쳔도라고 잇ᄂᆞ니라. 그것 한 ᄲᅣᆼ만 ᄉᆞ보ᄂᆡ여라. ᄇᆡᆨ일인쥴 몰나드니 ᄂᆡ 편지의 ᄇᆡᆨ일이라기 ᄉᆞ보ᄂᆡᆫ다고 은쳔도 한ᄲᅣᆼ만 ᄉᆞ보ᄂᆡ여라. 일젼 편지 븟쳣건마ᄂᆞᆫ 집ᄉᆞᄅᆞᆷ이 쟝의 가기 ᄯᅩ 븟치니 너도 ᄯᅩ 편지ᄒᆞ여라. 모를는 것 아닌ᄃᆡ 너 듯ᄂᆞᆫᄃᆡ 말ᄒᆞ기도 ᄋᆡ삭도 ᄒᆞ고 답〃ᄒᆞ니 말일다. 하 ᄉᆞ면셔 조르니 답〃 여간 ᄯᅡᆨᄒᆞ지가 아니ᄒᆞ다.

지월(십일월) 념구일 모셔

30.

졍완아 아비 편지 갓치 보고 아비 속것 둘 ᄶᅧ입은 것, 샹ᄌᆞ의 ᄎᆞᄌᆞ다 넛코 겹져구리도 ᄌᆞ시 보아 달나여 ᄎᆞᄌᆞ다 가지고 오너라. 나는 네가 이러케 보고시분ᄃᆡ 너ᄂᆞᆫ 할미 보고십지 아니ᄒᆞ냐. 아비 겹져구리 아니 입거든 샹ᄌᆞ의 너케 달나 ᄒᆞ여 가지고 오너라. 아비는 옷슬 금직이 아니 여기ᄂᆞᆫ ᄉᆞᄅᆞᆷ이니 덜넝거리지 말고 아비 졸나 잘 ᄎᆞ져 가지고 오너라. 아비 양목 젹삼도 잇시니 지금은 아니 입을 거시니 ᄎᆞᄌᆞ 너어 가지고 오ᄂᆞᆫ ᄃᆡ 어ᄂᆞ 어룬게든지 잘좀 ᄎᆞᄌᆞ 너어쥬쇼 ᄒᆞ여라.

31.

졍완부

날 ᄉᆞ이 잘 잇고 신긔 언잔치 아녀, 침식 ᄒᆞᆯ만치 ᄒᆞᄂᆞ냐. 슉식은 느리 원동셔 ᄒᆞᄂᆞᆫ지. 큰 일을 혼ᄌᆞ 맛타가지고 심녀 ᄋᆡ쓰ᄂᆞᆫ 것 ᄎᆞ마 ᄋᆡ삭, 돈도 모잘ᄒᆞᆯ게 각ᄉᆡᆨ으로 ᄎᆞ마 ᄋᆡ삭, 속이 뭉클, 엇더타가 업고, 여러시 다 의논ᄒᆞ여 ᄒᆞᆯ듯ᄒᆞ나 구월의ᄂᆞᆫ 아니ᄒᆞᆫ다ᄂᆞᆫᄃᆡ 의논이 엇지ᄒᆞ여 ᄒᆞ게 되ᄂᆞᆫ지 조심 동〃 ᄎᆞ마〃〃 ᄋᆡ가 탄다. 그 듕의 영감게셔 졍완이가 구셰나 된 거슬 어미면 복을 엇지 아니 입히랴고 ᄒᆞ셔〃 못 입히겟다 ᄒᆞ여도 못 될 말이라 ᄒᆞ셔〃 입히ᄂᆞᆫᄃᆡ 옷슬 ᄂᆡ가 ᄒᆞ여 쥬ᄂᆞ냐. ᄂᆡ가 ᄒᆞ니 속이 다 어이고 쓰린듯 ᄒᆞᆫ 듕 제 옷슬 ᄒᆞ면 그게 죠하 각ᄉᆡᆨ으로 잔말을 ᄒᆞ드니 무삼 지각이 잇ᄂᆞᆫ지 그 옷 ᄒᆞᄂᆞᆫᄃᆡ는 본체도 아니ᄒᆞ고 도므지 뭇도 아니코 언빤은 모양이니 더구나 ᄂᆡ 속이 거죽은 셩ᄒᆞᆫ 것 갓흐여도 속은 다 뻬여지ᄂᆞᆫ듯, ᄎᆞ마 ᄋᆡ삭 눈물만 난다. 면례를 ᄒᆞᄂᆞᆫ지도 모르고 언마 아니ᄒᆞ여 오면 짐만 되겟기 막오ᄌᆞ ᄒᆞ나도 아니 보ᄂᆡ여 날이 치워지면 치울 일이 걱졍일다. 겹거슨 입엇ᄂᆞ냐. 우리ᄂᆞᆫ 다들 잘들 잇다. 이 말ᄒᆞ기 념치가 업다마ᄂᆞᆫ 말일 ᄯᅩ 돈 쥬변ᄒᆞ게 되거든 졍완 신ᄒᆞ나만 ᄉᆞ다 다고. 나막신을 신겨더니 나막신 못이 박엿시니 ᄎᆞ마 ᄋᆡ삭ᄒᆞ다. 돈 쥬변 못 되거든 걸녀도 마라. 이왕 신기 버릇ᄒᆞ여시니 섣달의나 ᄉᆞ다 신긔겟다. ᄉᆞ연 다 못 긋치니 편지 ᄯᅩ 속히 슈ᄌᆞ만 붓쳐라. 잘 잇ᄂᆞᆫ 것만 알게 ᄒᆞ여라. 초십일노 ᄒᆞᆫ다니 와 구분은 초일일ᄒᆞᆫ다니 일ᄂᆡ 심녀 ᄎᆞ마 속이 각ᄉᆡᆨ으

지향이 업다. 막오ᄌᆞ ᄒᆞ나 보ᄂᆡᆫ다.

구월 초삼일 모서

32.

우리 ᄌᆞ졔야, 너를 ᄯᅥ나보ᄂᆡ고 하염업시 연〃 섭〃 아연ᄒᆞᆯ게니 엇지다 측냥ᄒᆞᆯ가 허긔나 과이 지〃 아니코 잘 간지. 서울은 일즉 드러 갓실듯. 잘 ᄌᆞ고 하 느리 쌧쳐시니 긔운 관계치 아니코 잘 잇는가. 각ᄉᆡᆨ으로 하 걸니고 ᄋᆡ삭 못잇치니 엇지 다 젹을가. 우리ᄂᆞᆫ 다 잘들 잇고 네 옷도 변〃치 아닌 ᄉᆞ름의 속〃히 샛라 다듬노라니 ᄌᆞ연 슈일은 될 듯. 쥬의ᄎᆞ를 보ᄂᆡ라 당부를 ᄒᆞ드라기 보ᄂᆡ기ᄂᆞᆫ ᄒᆞ나 거긔셔 ᄒᆞᄂᆞᆫ 동안이 예셔 ᄒᆞ여 가ᄂᆞᆫ 동안보다 더 쉽지ᄂᆞᆫ 아닐 듯ᄒᆞ고 ᄯᅩᄂᆞᆫ 예셔도 걷 명쥬 쥬의를 ᄒᆞᄂᆞᆫ 터이니 셰말은 되고 뉘가 잘 맛ᄒᆞᆯ ᄌᆞ도 흔치 아니코, 예셔보다 더 속할 터 갓흐면 죠켓시나 그러치 못ᄒᆞᆯ 터이면 도로 가지고 와, 예셔 마르면 남ᄂᆞᆫ 것도 ᄂᆡ가 다 다○(?)

이 여길 거시니 ᄉᆡᆼ각ᄒᆞ여 입게 ᄒᆞ여라. 가든 날 치울 ᄉᆡᆼ각, 속이 시쟝ᄒᆞᆯ ᄉᆡᆼ각, 어ᄂᆞ ᄉᆡᆼ각이 무심ᄒᆞ랴마ᄂᆞᆫ ᄉᆞᄅᆞᆷ은 업고, 아희들은 씨앗치고 속히 아니 되여 네 ᄃᆡᆨ은 ᄋᆡ만 쁜다. 이번은 언마 아니ᄒᆞ여 볼 터이연마ᄂᆞᆫ 갈ᄉᆞ록 허슈만 ᄒᆞ다.

십이월 십팔일 모서

31.

… 샹인아 너는 잘 잇다 ᄒᆞ나, 날이 치워지니 ᄋᆡ삭ᄒᆞ고 못잇쳐 이를 슈가 업다. 날 ᄉᆞ이 잘 잇고 침식이 일양 편ᄒᆞ냐. 형은 목쳔 간다드니 여긔도 어ᄂᆞ 날이나 올지 제ᄉᆞ 밋쳐 못 올가 마음이 그리 ᄡᅳ인다. 우리는 상하노소 다 잘들 잇다. 게가 ᄡᆞ다니ᄎᆞ마 욕심이 난다마는 그걸 엇지 (원본이 찢어져서 하략)

32.

초이일 쁜 글시 초ᄉᆞ일 보고 답장 써 막 붓치라 힛드니 네 편지가 ᄯᅩ 와 거푸 편지 보니 ᄉᆡ원 샹쾌, 잘 잇는 것만 쳔힝일다마ᄂᆞᆫ 실시ᄂᆞᆫ ᄆᆡ오 ᄒᆞᆯ듯, 돈 버는 말은 금즉 졍신이 날 것 갓다마ᄂᆞᆫ 네 긔질을 ᄉᆡᆼ각ᄒᆞ면 깃불 거시 업건마ᄂᆞᆫ 돈이 무어시냐, ᄌᆞ식 앗길 쥴은 모르고 돈만 아ᄂᆞᆫ 것 갓다. 집 엇기가 관심될 섄이냐. 엇지 공이 잇게ᄂᆞ냐. 밤의 단녀 벌고 지금 갓흐니ᄂᆞᆫ 창ᄌᆞ가 불지아니코 살 돗긔를 멜듯ᄒᆞ다마ᄂᆞᆫ 너를 앗기는 마음으로는 반가울거시 업신 즉, 달포 네가 여일이 ᄉᆡᆼ긔를 ᄂᆡ고 ᄌᆞ미를 붓쳐 단니면 긋씌 가셔는 죠코 죠키만 ᄒᆞ고 흥이 절노 나겟다. 양목은 셰리 영감 올 젹 붓친 게라 어련 잘 갓시랴 ᄒᆞᆯ듯 ᄃᆡ답을 아니 ᄒᆞ엿다. 우리ᄂᆞᆫ 다 잘들 잇고 무고들 ᄒᆞᆫ셈이고 나도 ᄌᆞ연 어린 것도 자고 은〃ᄒᆞ여 그러치 신긔ᄂᆞᆫ 조곰도 겨관업다. 마음 노코 잘만 잇고 쥬션만 잘 ᄒᆞ지 집 못니져마라. 영감게셔도 더 나으시다. 엇제다가 너를 그 ᄋᆡ를 ᄡᅳ이는지 ᄉᆡᆼ각ᄉᆞ록 분ᄒᆞ여 펄〃 ᄯᅱ고만 시부다.

초육일 모셔

33.

경완부 답

이달 초이일 ᄡᅳᆫ 글시 보고는 날포 소식업셔 굼〃 엇젼 일인지 몰나 일〃 소식 고ᄃᆡ〃〃ᄒᆞ든 ᄎᆞ, 초십일 ᄡᅳᆫ 글시 망일 보니 반갑고도 싀원 잘 잇ᄂᆞᆫ 것 ᄎᆞ마 깃부고 고맙다마ᄂᆞᆫ 날포 되니 도로 굼〃 언제나 오고 긔한이 업는듯. 노소가 다 잘들은 잇다마ᄂᆞᆫ 보경도 기집 어더 ᄀᆞ지고 가드니 아즉 아니 오고, ᄉᆞ랑도 너모 젹〃 영감 너모 혼ᄌᆞ 젹〃히 계시니 답〃. 동〃ᄒᆞᆫ 마음 엇더타가 업다. 편지마다 온다ᄂᆞᆫ 긔한은 업시니 깁〃 속이 터지는듯. 경완 형뎨로 마음을 붓치고 지ᄂᆡ다가도 심ᄂᆞᆫᄒᆞᆫ 마음이 나면 눈물이 다 나고 너 간 ᄃᆡ를 곳 가 보고 시분 마음이 멧번이나 나ᄂᆞᆫ지 모른다. 버슨 옷슨 가져와 ᄌᆞ시 밧고, 무명 쥬의ᄂᆞᆫ 홍명희 집의 잇다 ᄒᆞ여도 빈혀 ᄎᆞ즈라 갈 적 가방 속의 ᄇᆞ지 져구리 ᄒᆞᆫ벌 밧기 아니 너어 보ᄂᆡ엿드라니 알 슈가 업시니 홍명희 집의 좀 아라보아라. 박쳘이 집의셔 반찬을 그리 만이 ᄒᆞ여 오고 요ᄉᆡ 갓치 귀ᄒᆞᆫ 돈의 쟝조림을 다 ᄒᆞ여 보ᄂᆡ엿다니 너모 고맙고 남의게 신셰만 지니 무얼노 표도 할 슈 업고 먹어도 걱졍일다. ᄒᆞᆫ ᄢᅵ를 먹어도 그런다. 형이 업단 말 너모 부란, ᄎᆞ마 념의가 업다. ᄉᆞ연 다못 긋치니 잘 잇ᄂᆞᆫ 소식이나 ᄌᆞ로 알게 ᄒᆞ면 그나 마음을 붓치겟다. 경완이가 네 답쟝을 보고 너모 조하 ᄒᆞ고 영감게셔 보아 들니라 ᄒᆞ셔〃

드르시고 글시도 어엿부고 할말을 다 ᄒᆞ엿다고 가샹ᄒᆞ다시기 이를 말이나 ᄒᆞ엿다.

삼월 십팔일 모서

34.

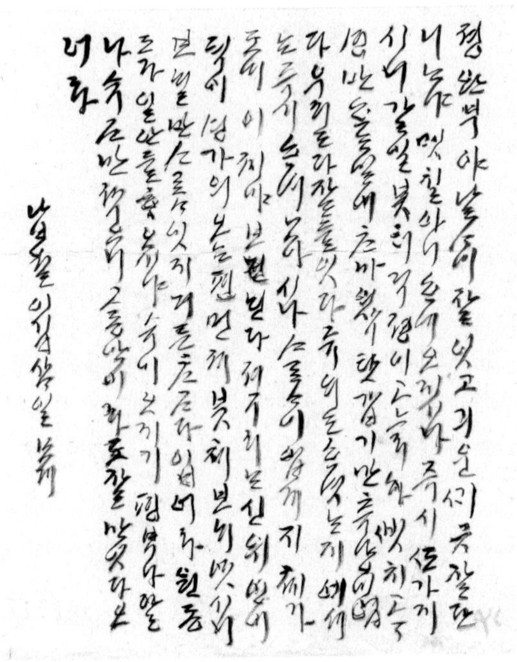

경완부야

날 ᄉᆞ이 잘 잇고 ᄀᆡ운 ᄊᆡ긋 잘 단니ᄂᆞ냐. 멧칠 아니ᄒᆞ여 오게시나 즉시 ᄯᅩ 가게시니 갈 일붓터 걱졍이고 느리 하 셋치고 고ᄉᆡᆼ만 ᄒᆞᆯ 일이 ᄎᆞ마 ᄋᆡ삭 탓갑기만 측앙이 업다. 우리도 다 잘들 잇다. 쥬의도 ᄒᆞ엿ᄂᆞᆫ지 예셔는 즉시 ᄒᆞ여 노아시나, ᄉᆞᄅᆞᆷ이 업셔 지쳬가 되여 이졔야 보ᄂᆡᆫ다. 져구리ᄂᆞᆫ 신위영이 ᄃᆡᆨ이 ᄉᆡᆼ가의 오는 편 먼져 붓쳐 보ᄂᆡ엿시니 보ᄂᆡᆯ만 ᄉᆞᄅᆞᆷ 잇게거든

ᄎᆞᄌᆞ다 입어라. 원동도 다 일안들 ᄒᆞ오시냐. 슈이 오게기 평부나 알나 슈ᄌᆞ만 젹으니 그 동안이라도 잘만 잇다 오너라.

납월 이십삼일 모셔

35.

경완부

너를 보ᄂᆡ고 날도 극심이 더웁고 동힝ᄒᆞ나 업시 시쟝인들 오즉하랴시버 각식으로 ᄎᆞ마 ᄋᆡ삭 어ᄂᆞ쎡나 드러간지 가며 쉬도 못ᄒᆞ고 ᄃᆡ기 참ᄉᆞ 갓게시니 느리 너모 씻쳐시니 잘 쉬고 신기 엇더ᄒᆞᆫ 소식이나 어셔 드르면시부나 날ᄌᆞ가 잇시니 속히 드를 슈 잇ᄂᆞ냐. 곳 편지나 붓쳣는지 회보만 고ᄃᆡᄒᆞᆫ다. 어ᄂᆞ쎡 드러가 무얼 먹고 길의셔ᄂᆞᆫ 무얼 좀 먹엇드냐. 올날도 멧칠 아니 남아시니 찬〃이 ᄉᆡᆼ각ᄒᆞ여 잘 ᄒᆞ여 가지고 오너라. 쟝단 가지 말나 당부ᄒᆞ여 달나신다. 이 더위의 엇지 가겟느냐. 그만 두어라. ᄇᆡᆨ히진이보고 무에라 ᄒᆞᆯ말 편지 붓칠 젹의 말ᄒᆞ고 박히진이 즉시 가보이라. 아히들 신 곤임식여 ᄉᆞ야 튼〃ᄒᆞᆫ 것 산다. 고약ᄒᆞᆫ 것 ᄉᆞ면 멧칠 못 신는다. 부ᄃᆡ 무심이 듯지마라. 올 젹에 굴비 ᄒᆞᆫ 뭇만 됴흔 걸노 셔강좀 ᄉᆞ달나 ᄒᆞ여 ᄉᆞ가지고 오고, 굴근 ᄇᆡ날 아모나 ᄉᆞ면 못 쓰니 원동좀 ᄉᆞ달나 ᄒᆞ여라. 네 유모 거번 돈 ᄒᆞᆫ쟝 준 것 부족ᄒᆞ여 길니기도 ᄒᆞ고 네 유모가 먹어야 슈라고 신위영이 집의 가 그리 ᄒᆞ드라니 아모리 돈이 업셔도 긋쎡는 돈은 부족되고 헐 슈 업셔 그걸 쥬엇노라고, ᄒᆞᆫ쟝만, 돈이 없셔도, ᄒᆞᆫ쟝만, 좀더 쥬어라. 실샹은 굴머죽을 지경이니 ᄒᆞᆫ쟝만 그 말ᄒᆞ고 더 쥬고 오너라.

36.

졍완부친

소식 드른 지도 날포되고 소포 붓친 것 그져 아니 와 일〃 고ᄃᆡᆨᄒᆞ드니 초육일 쁜 글시 보니 고 반갑고 침식이 편ᄒᆞ단 말ᄎᆞ마 든〃 반갑고, 손들 모혀 심심ᄒᆞᆫ 쥴도 모른다니 너모 고맙고, 여긔셔 칙만 벗슬 삼드니 엇더케 깃분지 모르겟시나 식ᄉᆞᄂᆞᆫ 허긔가 더허질 듯ᄒᆞᆫ거시 집의셔ᄂᆞᆫ ᄂᆡ가 슈ᄎᆞ를 불너 앏히 갓다 노코 졸나야 먹든 ᄉᆞ룸이라 쟝 그게 못잇치나, 원동셔 식ᄉᆞ를 ᄒᆞ니 범연ᄒᆞ시랴마는 날쳐로 못견듸게 조르지는 못ᄒᆞ실 듯ᄒᆞ나 ᄀᆡᆨ지와는 다르니 치위엄식이니 즉시〃 먹어라. 약 ᄒᆞᆫ쳡 아니 먹고 실시나 아니 ᄒᆞ여야 ᄒᆞ지 너는 실시ᄒᆞᄂᆞᆫ 것도 겨관업시 여기ᄂᆞᆫ ᄉᆞ룸이니 만으로 지칠가 쟝 걱졍일다. 우리 안팟 노쇼업시 다 잘들 잇다마는 영감 비통 죵시 낫지 못ᄒᆞ시니 답〃. 서울 갓흐면 침이나 좀 마즈시면 시부나 여긔야 침의가 잇ᄂᆞ냐. 더 ᄒᆞ시든 아니시나 ᄯᅳᆨᄒᆞ여 말이다. 봉순은 여샹ᄒᆞ고 경완이가 그 동안 이십여일이나 몸살갓치 알아 약을 먹여도 낫지 못 영감게셔도 아비 왼체 잇기로 더 알ᄂᆞᆫ다고 엇던 약을 쓰면 죠흔지 모른다고 그저 ᄋᆡ를 쓰시고 걱졍을 ᄒᆞ시드니 약을 노 먹여 그런지 요ᄉᆡ는 여샹ᄒᆞ여 잘 놀고 잘 잇시니 너모 긔특 제일 편허겟다.

지월 십팔일 모셔

37.

진지ᄉᆞ발

ᄉᆡᆨ두선이가 손의 다홍이 아니 뭇ᄂᆞᆫ거슬 쓰지 손의 다홍이 무드면 못쁜다. 월남 ᄉᆡ골돈 ᄒᆞᆫ냥어치

ᄉᆞ고시분거슨 만코 반찬 ᄉᆡᆼ각도 만컨마ᄂᆞᆫ 돈도 업고 쥬ᄉᆞ가 그런 거슨 더 잘 아라 ᄒᆞᆯ게니가 말ᄒᆞᆯ 슈 업다.

38.

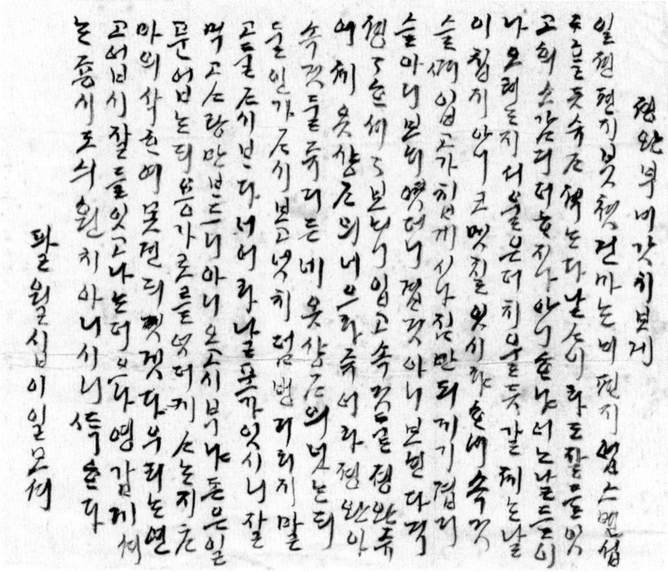

경완부녀 갓치 보게

일젼 편지 붓쳣건마는 ᄂᆡ 편지 업스면 섭섭ᄒᆞᆯ듯 슈ᄌᆞ 젹ᄂᆞᆫ다. 날 ᄉᆞ이라도 잘들 잇고, ᄒᆡ소 감긔 더ᄒᆞ지나 아니ᄒᆞ냐. 어느 날들이나 오려ᄂᆞᆫ지. 서울은 더 치울듯 갈 제ᄂᆞᆫ 날이 칩지 아니코 멧칠 잇시랴 ᄒᆞ여 속것슬 쪄입고 가 칩게시나 짐만 되게기 겹거슬 아니 보ᄂᆡ엿더니 겹겻 아니 보ᄂᆡᆫ다 걱정″″ ᄒᆞ셔″ 보ᄂᆡ니 입고, 속것 둘 경완 쥬어 제 옷샹ᄌᆞ의 너으라 쥬어라.

경완아 속것 둘 쥬거든 네 옷샹ᄌᆞ의 넛ᄂᆞᆫᄃᆡ 둘인가 ᄌᆞ시 보고 넛치 덤벙거리지 말고 둘 ᄌᆞ시 ᄇᆞ다 너어라. 날포 가잇시니 잘 먹고 ᄉᆞ랑만 ᄇᆞ드니 아니 오고시부냐. 돈은 일푼 업ᄂᆞᆫᄃᆡ 용가로를 엇더케 ᄊᆞᄂᆞᆫ지 ᄎᆞ마 ᄋᆡ삭ᄒᆞ여 못견듸겟다. 우리ᄂᆞᆫ 연고

업시 잘들 잇고 나ᄂᆞᆫ 더으나 영감게셔ᄂᆞᆫ 죵시도 싀원치 아니시니 ᄯᅡᆨᄒᆞ다.

팔월 십이일 모셔

38-1.

졍완아 아비게 ᄒᆞᆫ 편지도 갓치 보고 다 ᄌᆞ시 보아라. 나ᄂᆞᆫ 네가 ᄎᆞ마 보고시분ᄃᆡ 너는 한미 보고시부지 아니ᄒᆞ냐 어셔〃〃 오게 ᄒᆞ고, 아비 졸나 어셔 다려다 달나 ᄒᆞ여 오너라. 아비가 겹것 입엇거든 속것 둘 ᄌᆞ시 ᄎᆞᄌᆞ 네 샹ᄌᆞ의 너어 ᄎᆞᄌᆞ가지고 오너라.

39.

초오일 쓴 글시, 초구일 와 보아 든든 반갑고 잘 잇ᄂᆞᆫ 것 만힝〃〃이나, 날포 되니 굼〃 못잇치는 마음은 일반이고 두 시간을 그 여러흘 가르쳐시니 곤ᄒᆞ고 졍신업기 이를 말이냐. 셋쳐바치ᄂᆞᆫ 것도 실샹은 ᄒᆡ롭지 아니나 츌싱후 쳐음 셋치는 거시니 ᄎᆞ마 ᄋᆡ삭. 이것도 ᄋᆡ삭 져것도 ᄋᆡ삭 모도가 ᄋᆡ삭만ᄒᆞ고 영감게셔도 약도 못먹고 셋친다고 걱졍을 ᄒᆞ시며 당신이 어셔 나셔야 아들의 덕의 고기나 잡숫겟다고 ᄒᆞ시기 우섯다. 학도들이 죠아ᄒᆞᆫ다니 너모 다힝〃〃 길게 죠아ᄒᆞ게 ᄒᆞ고 아모쥬록 인심 어더 너만ᄒᆞᆫ ᄉᆞ름이 업게들 여기면 엇더케 죠흘지 쳔금 만치가 그보다 더 ᄒᆞ겟ᄂᆞ냐. 챵덕궁에 드러가 ᄎᆡᆨ을 보게다니 나ᄂᆞᆫ 모도가 죠심만 되고 귀인젼에 쏫치 되기 츅슈 발원일다. 공일에 나려온다니 어셔 공일로셔 나려와 ᄌᆞ시 이야기도 듯고 실시ᄒᆞ고 셋친 얼굴이 엇던가 좀 보면시버 하로가 ᄉᆡ롭다. 우리도 안팟기 다 무고들ᄒᆞ니 만힝일다. 나는 편지에 ᄒᆞᆯ말 다ᄒᆞᆫ

듯 ᄒᆞᆫᄃᆡ 너ᄂᆞᆫ 무심이 아니 여기고 유심ᄒᆞ여 그럿치 아모라토 아니타. 쥬의ᄂᆞᆫ 소음 쥬의도 올나간 거시 잇ᄂᆞᆫᄃᆡ 원동셔 양목 쥬의를 엇ᄌᆡ ᄒᆞᄂᆞᆫ지 거긔셔 ᄒᆞᄂᆞᆫ 거슨 모도 져고 잘나 ᄯᅩ 그럿치나 아닌지 네가 돈을 ᄂᆡ앗시면 모르거니와 저긔셔 돈을 ᄂᆡ앗시면 너모 부란〃 〃이 업다. 슈이 온다니 날 가기만 기ᄃᆞ리고 ᄉᆞ연 ᄃᆡ강ᄒᆞᆫ다.

구월 초구일 모셔

거긔 손님이 ᄯᅩ 둘 오셧스니 걱정 되시겟다. 반찬 두 긔는 우리는 발셔 먹엇고 거긔셔 ᄯᅩ ᄒᆞ시려면 어려우시겟기 도로 보ᄂᆡ니 상에 노시도록 엿주어라.

정인보가 아내와 아이들에게 보낸 편지들

1. 부인 조경희에게

여러번 편지 ᄒᆞ신 것 뵈오나 늘이 ᄂᆡ 몸이 괴로와 ᄒᆞᆫ번 답장 못ᄒᆞ오니 셥〃히 너기셧실 듯 일컷ᄉᆞᆸᄂᆞ이다. 늘이 편치 못ᄒᆞ신가 보오니 답〃ᄒᆞ오나 ᄎᆞ〃 나으실 터이니 괴로와 마르시ᄋᆞᆸ소셔. ᄉᆡᆼ은 늘이 병으로 괴롭ᄉᆞ오ᄂᆞ 집안 ᄃᆡ도 일안들 ᄒᆞ시니 만ᄒᆡᆼ이옵ᄂᆞ이다. 쳔박헌 남편을 권〃이 너기셔서 요젼 옷 붓치신 것 보오니 감격ᄒᆞ오이다. 아모됴록 몸을 보호ᄒᆞ시고 순산 ᄉᆡᆼ남ᄒᆞ신 긔별 ᄇᆞ라ᄋᆞᆸᄂᆞ이다. 총〃 이만 긋치ᄋᆞᆸᄂᆞ이다.

삼월 십ᄉᆞ일 ᄉᆡᆼ 뎡인보

샹장

2.

오ᄅᆡ 긔별 못 듯ᄉᆞ와 굼〃ᄒᆞᄋᆞᆸ드니 락서 편지 보아 그동안 별탈업스신 일 듯ᄉᆞ오니 다ᄒᆡᆼᄒᆞ오나 그후 ᄯᅩ 달포 되ᄋᆞᆸ고 이달이 인뎨 되오니 날노 굼〃ᄒᆞᄋᆞᆸᄂᆞ이다. 거긔 ᄃᆡ도분 일안들 ᄒᆞ시고 게셔도 ᄎᆞ〃 괴로우신 병환이 나으시ᄋᆞᆸ. 어ᄂᆞᄃᆡ 이질 뎍 업ᄉᆞ오나 이곳도 늘 셩치 못ᄒᆞ여 편지 ᄌᆞ로 못ᄒᆞ엿ᄉᆞᆸᄂᆞ이다. 일간 동안은 신긔도 낫ᄉᆞᆸ고 집안 상하 일안들ᄒᆞ시오니 다ᄒᆡᆼᄒᆞ오이다. 수이 편지 뵈ᄋᆞᆸ기 ᄇᆞ라오며 셩〃 기시다가 순산 ᄉᆡᆼ남ᄒᆞ여다는 긔별 듯기 축수ᄒᆞᄋᆞᆸᄂᆞ이다. 두어ᄌᆞ 뎍ᄉᆞ오며 일간 ᄯᅩ 편지ᄒᆞ오리다.

병진(1916) ᄉᆞ월 초ᄉᆞᆷ일 뎡ᄉᆡᆼ

샹장

3.

일젼 편지 ᄒᆞ신 것 뵈ᄋᆞᆸ고 든〃ᄒᆞ오ᄂᆞ 그후 쏘 굼굼ᄒᆞ오이다. 요ᄉᆞ이 긔운 못지 아니시ᄋᆞᆸ고 거긔셔 졔대로 일안들 ᄒᆞ시ᄋᆞᆸᄂᆞ니잇가. 이곳은 뫼시고 별고 업ᄉᆞᆸᄂᆞ이다. 총〃 이만 긋치오니 쏘 수이 편지 ᄒᆞ시ᄋᆞᆸ

덩인보 샹쟝

ᄉᆞ월 십칠일

4. 어촌즉편

슈길 편 편지ᄂᆞᆫ 먼져 볼듯ᄒᆞ며 이 ᄉᆞ이 잘 잇고 아희들 엇더ᄒᆞ냐. 부범 감긔 쾌히 나으며 범희도 엇더ᄒᆞ야. 져번 ᄇᆡᆨ경도 독감이 그러허니 그것이 다 양독이 아니〃 죰 나은 후라 음식 죠심과 바ᄅᆞᆷ을 각별 죠심 시겨라. 외오셔 마음이 ᄒᆞᆫᄃᆡ도 노히지 아니 ᄒᆞ나 여러 며ᄂᆞ리들 다 탈업시 잇ᄂᆞ냐. ᄌᆞ근 ᄉᆡᄃᆡᆨ은 져의 죠부 즁제를 외오셔 두고 작히 비챵ᄒᆞ야 ᄒᆞ랴. 두루 염녀된다. 셔울 쇼동은 더ᄒᆞ든 아니ᄒᆞ니 염녀마라. 어둑 긋친다.

(1926) 병인 구월 념팔일 시부

셰목 두필

ᄌᆞ쥬 한필

보ᄂᆡ니 옷ᄒᆞ여 쥬어라.

5. 京城 渼芹洞 3 부인에게, 엽서

나는 잘 먹고 잘 다니나 혼자 집안에서 어린 아해들과 고생하시는 일 미안하압나이다. 어제 밤 그적게 밤 다 동학절에서 자고 오날 영동 와서 지금 청산 드러가압나이다. 내일 밤 집에 가겟삽나이다. 하교대로 상서 알외압나이다.

(1928. 3. 27.) 永同驛過 平信

6. 京城 渼芹洞 3, 엽서

안녕하시고 아희들 무양하압. 나는 지금 청산으로 가옵. 책 잽힌 것 내일이 한이니 이십오전 이자라도 보내고 누르도록 하시압.

(1928. 3. 27.) 論山

7. 崇二洞 74之1 부인에게, 엽서

세번 부치신 글월 뵈압고도 답장 못하야 굼〃하실듯 하오나 나도 자연 맘 씨는데가 만하 붓 잡기 귀찬어 그리 하얏스나 난들 굼〃치 아니하릿가. 어린놈 약은 산사 생강 대려서 설탕 타 먹이는 것이 좃습ᄂᆞ이다. 정완은 엇더하온지 약첩 먹는 것은 싀집이 나흔대 두로 걱정이압. 이십일날 종노더러 월급 차저오게 하시압. 나는 일간 청산 다녀 몃칠 뒤 서울로 가겟습ᄂᆞ이다. 최종숙에게 큰말업게 하도록 종노더러 부탁하시압.

(1929. 4. 18.) 公州邑本町151

8. 京城 崇二洞 74之1, 엽서

하도 총〃히 써나노라 이진 말이 만습니다. 고생은 혼자 하시라고 나만 시왕셰계로 난 일 생각하면 미안합니다. 돈은 갓금 부쳐드리겟스나 두로 답〃ᄒᆞ오이다. 연모 약은 공주 가서 방문 내여 보내오리다. 이 달 월급에 준다하고 왼만한 것은 미르시압소서. 내〃 안녕히 기시기 밋습니다. 니쁜모더러 한열흘 기다리라 하시압.

(1929. 7. 9.) 鳥致院過 칠월 구일

9. 崇二洞 74之1, 엽서

오날 십일이니 ᄒᆞ경 잇ᄌᆞ올 수 업삽나이다. 긔운 안녕ᄒᆞ시고 아희들 잘 잇사온지 향념 간절하오이다. 엇지 지내시는지 나만 편히 잇스니 미안ᄒᆞ오이다. 종노가 잇서 보아주니 낫겟스나 두로 답〃ᄒᆞ옵ᄂᆞ이다. 또 편지ᄒᆞ오리다.

長城 日巖山 白羊寺(1929. 7. 11.) 초십일

10. 京城 崇二洞 74之1, 엽서

어제 편지 부친 것 보셧슬듯합니다. 나는 여긔 와서 잘 잇스나 거긔 생각 이질 수 업습니다. 제사 갓가우신대 다 걱정이오며 여긔서 돈을 부처드리겟는데 비가 와서 우편은 통치 못하면 엇지할가 미리 걱정되야 말슴이오니 엇더케던지 하여보시오. 엇더케던지 부처보내리다마는 ᄉᆞ람일을 몰라 미리 부탁입니다. 이달 월급은 김일선씨가 이십일 차저 보내줄 터이니 사람보낼 것 업습니다.

(1929. 7. 12.) 公州 本町 151, 쓰신 날자 칠월 십일

11. 京城 崇二洞 74之1, 엽서

일전 공주서 편지 부친 것 보셧는지 모르겟스나 정완 편지 와보고 별고들 업스신 줄 알앗삽나이다. 오늘이 아흐레인대 이제껏 부칠 돈이 업서 못 부치오니 심려 되실듯하오나 절에 가면 서울서 올 것이 잇스니 무슨 짓이든지 하서서 변통해 쓰시압. 밋기는 공주서 만날 사람이 잇고 또 신문사에서 올 것이 잇서 미덧든 것이 틀리압나이다. 박동이라도 좀 말삼하서서 월급날 갑도록 하시고 그러치 아니하면 필운동이라도 말삼하시압소서.

湖南車中 (1929. 7. 15.) 쓰신 날자 ―초구일―

12. 崇二洞 74之1, 엽서

무망 글월 뵈오니 든〃하압고 아해들 그만하고 정완 세수하는 일 긔특하오이다마는 나만 편하고 여러가지로 고생 혼자 하시게 하는 일 미안하오이다. 사십원을 차저올 때 내 도장을 보내실 것을 아마 아니 보내신듯하오이다. 송종흔한테는 도장 보내도 조삽나이다. 그런대 차저오거든 우선 최종숙에게 이십원이나 삼십원만 보내서 말마감이라도 하면 십으오니 내 말 잇지 마시고 물불가치 급한것부터 하야 큰 말성업게 하시압소서. 내일 청산으로 가랴고 합니다.

(1929. 8. 19.) 公州 本町 151

13. 需昌洞 198, 봉함 엽서

수일 동안 긔운 안녕하시오니잇가. 종노에게 부탁하고 약 지어다 드리라 하얏더니 엇더케 하얏는지 굼〃하오며 혹 체긔가 잇는 듯 하거든 종노 시겨 계강양위탕 한 첩만 지어오라 하야 잡수시압. 나는 어제 간신이 차를 타고 영동 와서 자동차로 청산 드러가 밤에 제사 참사하얏는대 엇지 혹한인지 평생 처음인 듯하압.

청산형님 안녕하시고 충모 어머니 두드레기 좀 덜하다 하압. 오늘 생신 아츰 겸상하야 먹고 곳 써나 지금 낙동강을 건는 모양이압. 밤이라 박갓은 보이지 아니하압. 오날은 진주게 자겟고 내일 묵을지 부산으로 갈지 보아야 알겟삽. 종노 시겨 책 잡힌 것이 잇는대 전당표는 내가 가지고 왓스니 이 달 삼십일일 내가 못 드러가거들랑 종노더러 가서 말이라도 하라 하시압. 청진동이압. 청산서 경옥고를 고는대 충모가 아저씨 좀 먹게 부치고자 하야 형님이 그리 하라 하신다고 하기 고아달라 하엿삽. 우리가 진작 알엇드면 애를 아니 쓰고 어더 먹을 걸 그리 하엿삽. 약 이저버리지 마시압.

(1933. 1. 19.)車過 洛東江 安信, 초삼일 밤

14. 需昌洞 198, 엽서

나는 지금 장안사 왓숩. 진태더러 닉일 최육당한테 가서 丙子錄과 三學士傳 둘을 어더서 집에 두라 하시압.

1933. 7. 16. 長安寺過 爲堂

15. 부인에게, 엽서

일간

긔운 여상하시고 약 잡수섯삽. 아희들 다 잘들잇삽. 헌모는 나려간는지 굼〃하압. 나는 지금 유점사 와 묵는대 내일씀 다시 마ᄒᆞ연으로 가셔 금강산 가장 놉흔 봉 비로봉을 넘어 구룡연으로 신계사로 가랴ᄒᆞ압. 굼〃ᄒᆞ실 듯 수자 젹ᄉᆞ오며 해금강 보고 총셕졍 지나 집으로 가겟숩. 조심ᄒᆞ시고 아희들 음식 조심 잘 시기시옵. 이만 그치옵ᄂᆞ이다.

(1933. 7. 27.)윤월 이십칠일 샹쟝

16. 京城 需昌洞 198, 엽서

그 동안 긔운일안하시고 아해들 잘 잇는지 굼〃하압. 나는 금강산 안팟글 다 보고 지금 석왕사로 가압. 집 소식 굼〃하니 두어자 석왕사로 부치시압. 몃칠 잇겟삽나이다.

(1933. 8. 25.) 양력 이십오일. 安邊驛過 平信

17. 需昌洞 198, 엽서

써나온 뒤로 한번도 편지 부치지 못하야 굼〃하실 줄 아오나 다니는데 하도 괴로와 붓 잡을 결을이 업섯삽나이다. 몃칠 동안 긔운 못지 아니하고 아희들 잘 잇삽나니잇가. 맹표모자 잘 잇고 니낭 갓금 와 다녀갓삽나니잇가. 나는 그날 화양동서 자고 그 이튼날 험준한 고개를 넘어 공님사라는 절에서 자고 그 이튼날 북가추리라는 험한 산골을 넘어 속니산 법주사에 와 자고 그이튼날 중사자라는 암자에 올라 가서 자고 나니 곳 오늘인대 비를 만나 오후에 나려오는대 상환암이라는 암자를 보고 지금 도로 큰 절로 왓사온대 내일은 해인사로 써날가 하압나이다. 험헌데가 만핫스나 동행이 모다 붓드러 주어 잘 다니압나이다. 십팔일

陜川 海印寺로 편지하시압소서.

(1934. 7. 2.) 쓰신 날 십팔일, 俗離山 法住寺過 平信

18. 京城 需昌洞 198, 엽서

보은서 옥천으로 나가랴 하니 비가 엇지 달구비로 퍼붓는지 교통이 되지 아니하고 청산은 갈 수 잇슬듯하다기 그저께 청산으로 와서 이틀을 묵고 오늘도 비는 안 개이고 내물은 작고 불어 불계하고 써나 영동까지 왓는대, 물 건느기 다 위태한 것을 억지로 건너 잘 왓습ㄴ이다. 내일 대구로 가랴 하는대 해인사 교통이 엇덜지 걱정이옵ㄴ이다. 어제 제ᄉ에 숭ᄉ동서 와서 지닉셧슬듯하오며 얼마나 애를 쓰셧습. 손이나 아니 비셧습ㄴ니잇가. 무진회ᄉ 것을 성선싱더러 좀 어더 하라 하얏ᄉ오니 온재 거는방 문갑을 열고 통장을 차저 가지고 가라 하시옵소서. 청산서는 언니는 안녕하시나 보물모가 보은을 가서 섭〃하압더

이다. 내〃 안녕이 기시고 아희들 혹 불평하거든 상생원에게 보내시압소서. 쏘 편지하오리다.

1934. 7. 23. 永同驛過 平信

19. 需昌洞, 엽서

영동서 부친 편지 보셧습. 말슴흔 것 다 그듸로 흐셧습. 긔운 못지 안흐시고 아희들 잘 잇습. 나는 히인스 가즈든 것이 큰비 씨문에 가기가 위험흐야 다시 듸젼으로 올나와셔 지금 논순을 거쳐 정읍 늬장으로 가옵. 그리 편지흐시옵소셔. 이십오일

(1934. 7. 25.) 論山驛過 平信

20. 需昌洞 198, 엽서

나는 지금 井邑內藏산 내장사로 가니 편지 그리 부치시옵소서.

(1934. 7. 25.) 論山車中 平信

21. 需昌洞 198, 엽서

굼〃하압든차 글월 뵈오니 든〃하오나 양완이가 그져 알는다니 걱정이압. 그져 둘 수 업고 또 상싱원 약이 효험업는가 보니 한창률을 오라던지 양완을 보내던지 하야 곳 치료하도록 하시압. 나는 잘 잇고 약은 반넘어 다려먹엇삽. 지금 ᄂᆡ장사에 잇는대 일간 구암사란대로 가겟삽. 답장을랑 淳昌郡 雙星面 雲巖里 盧秉權 宅으로 부치시압. 걱정될 일은 말한다 하셧스니 무엇을 말슴한 것이압. 돈에 졸려 말삼인 듯 돈 보내드릴 방법을 하랴 하압나이다. 양완 약 부대 먹이시고 내〃 안녕이 기시압소서. 또 편지 부치겟삽나이다.

(1934. 7. 29.) 內藏山 禪院留 平信

22. 차녀 경완에게

需昌洞 198 庚婉, 그림 엽서

뫼시고 잘들 잇느냐. 나는 大丘서 강연이라고 하얏다. 엇지 더운지 죽겟더라. 어제 釜山 와, 海雲臺에서 잣는대 바닷물소리가 비바람 몰녀들어오는 것만이 아니다. 싀원하야 조타. 집안이 모다 가치 오지 못하고 나만 이 싀원한 것을 쏘이고 잇스니 섭〃. 네 생각 더욱 간절하다. 오늘 저녁 째 갈가 하나 모르겟다.

(1940?) 8. 1. 於海雲臺 爲堂

23. 鄭庚婉 卽見 內需洞 198, 엽서

나는 잘 왓다. 차 속에서도 더운 줄 몰낫다.

의원보고 방문 내랴 하얏는대 내일 일즉 자긔가 와서 다시 보겟다 한다. 환약과 위산 사서 혹 트렷하면 그저 들이지 내지 말아야 한다. 다락 세간 쥐 쏠지 아니하게 자조 좀 살피시라 하고 충주 묘직이에게 하는 편지에 돈 삼원(표를 밧구어서)만 너어서 등긔로 부치시라 하여라. 면장아젓시는 신관이 만히 못 허섯드라. 네 편지 보섯다고 하시드라. 상모가 정거장에서 제법 모자를 버서 두르기 우섯다. 육일밤

(1940. 8. 8. 쓰신날. 1940. 8. 6.) 육일 밤, 公州 邑旅

父平信

24. 庚婉 回見 內需洞 198

굼〃하던 중 네 글시 보니 반갑고 너의 어마님과 다들 일안흔 일 깃부다. 나는 약 먹는 중이오 침식이 다 편하나 일간 가겟다. 冊便紙가 왓스면 그것도 鐵道便이냐. 小包로 온 것이 그게냐. 冊名은 漢魏叢書오 十紙函인대 겨오 八函이면 까닭을 모

르겟다. 만일 小包로 온 것이 내가 注文한 것이면 곳 보닉지 아니하야도 조흐니 四十圓은 먼저 쓰시라 해라.

왕십리서는 아즉은 산점이 업슬듯ᄒᆞ나 굼〃ᄒᆞ여 오래 못 잇겟다.

(1940. 8. 11.) 公州邑旅 父 平信

25. 차남 상모에게

상모야 나는 여긔 와서 葉書 못 부쳣는대 네 편지 발서 오니 아비가 깃다. 너의 어머님 뫼시고 잘들 잇다니 깃부다. 나는 차에서 잘 오고 여긔서 잘 잇다. 집이 굼〃하나 네가 다 잘할 줄 알어 밋는다. 너의 어머님 注射 또 좀 하고 물약 자조 어더 오게 하여라. 네가 靑陽 갈 날 가차운데 내가 보름 전은 못 대여 갈 것 가트니 내가 미처 못 가드라도 가거라. 다만 집에 장성한 사나희가 몟칠이라도 업스면 호젓 아니하겟느야. 너는 일즉 오고 네댁도 팔월 제사 전 오라 하여라. 여긔서 내가 왓다고 여럿이 차저오니 얼른 써나기 어렵구나. 어제 저녁 논산군수 와서 가치 자고 또 누가 온단다. 네 형은 내가 날마다 약을 하여 주엇더니 쇄 나어가는 것 갓다. 네 형 장모께서 손좀긔로 불편하시다가 좀 나으섯다 하고 오늘 네 형 동서가 온다 한다. 내게 편지하거든 곳 내 성명 쓰고 氏라고 부치고 下鑒이라고만 하여라. 父上이라는 것은 쓰지마라. 잘 잇고 잘 다녀 오너라. 네 얼굴 못한 것 눈에 선하다. 너 올 路資 가지고 가거라.

論山 尹氏 댁에서 陰 十二日 父

26. 尙謨 卽見 壽松洞 中東學校 本科三年

어제 電報한 것 보앗다. 너의 어마님 안녕하시고 네 兄 네 동생들 다 일안하냐. 四十圓 부치라 하얏스나 모자르겟스니 五十圓으로 보내고 電報爲替로 부처라. 그래야 내가 곳 차저 旅

費를 하겟다. 네 洋服 차저 가지고 나가거라.

(1942. 6. 18(?) 溫陽 溫泉 驛前 溫泉旅館 鄭爲堂

27. 鄭庚婉 見 京元線 倉洞 驛前 倉洞里 733

鳥致院에서 數字한 것 들어간지 모르겟다. 너의 너머님 잘 기시고 일체 다 무고하냐. 써난지 얼마 되지 아니하것만 퍽 오랜 것 갓다. 너의 싀댁 별환 업스시냐. 중위 걱정 엇지 페이게 되얏느냐. 니 홍직을 보고 무슨 방법이 잇다드냐. 굼〃하다. 나는 忠州서 차례지내고 그날 써나 淸州一宿後 金堤로 왓는대 明日 大田으로 가서 再明夕後 올라갈가 한다. 나선 길이기 禮山을 들르랴 하얏더니 집이 굼〃하여 곳 갈 밧게 업다. 연모 상모 인천 다녀 잘들 왓느냐. 기모 어머니 가치 와서 묵느냐. 사주 보내는 날이 오늘이니 생각한다. 忠州서 酒果로 지낸다드니 그래도 망측지는 아니하고 편만 못하엿드라. 거긔서 자동차 길이 오리요, 보교도 내여보낼 수 잇다기 明春은 너의 어머님과 同行하기로 定하엿다.

(1942. 9. 28.) 田 金堤 聖德面 聖德里 薝園

28. 부인에게

청안서 엽서 부친 것 보섯슬듯하오나 그 뒤 괴산 들어가서 삼일 채우느라고 어제야 써나와서 오늘이야 이 편지 쓰압나이다. 거긔서는 엇더신지 굼〃하오며 약이나 잡수섯는지, 아해들 별고업는지 마음 거긔 잇삽나이다. 괴산 가서 폐백행례 다 잘하고 이제는 만사순성이니 다행하압나이다.

내가 사위 쌀 다리고 원천으로 오는대, 사돈 내외분 동행하서서 든〃하압나이다. 사돈 두분은 먼저 가시기로 하고 나는 수일 묵을가 하압나이다. 서울로 가는 편지 상모 시겨 내일 추

강에게 보내시고 돈 오거든 사십원만 이리로 부쳐주시압소서. 경완이름으로 전보환하야 보내시압소서.

이십이일 뎡인보 상장

29. 상모 보아라

너만 두고 와서 걸릴 뿐이랴. 수일 지나고는 날마다 기다리나 소식 업스니 굼〃하여 못 견대겟다.

네가 너무 쎄쳐서 몸이나 성한지 더욱 마음 노이지 안는다. 거긔서 잘들 기시고 네 누의 네 ᄆᆡ부 다 일안하냐. 큰누의 산고 업느냐. 못 보고 와서 차마 못 이친다. 여긔서 논산역 전화를 빌어 창동역과 통하려 하니 도리가 업드라 네가 오늘까지 아니 오는 것 보니 차판 아니 된 듯. 네 형을 보내니 만일 아니 될 것 가트면 네 형을 곳 나려 보ᄂᆡ라. 그러면 네 형 오는 편, 네가 자서히 편지하여라. 여긔서 짐자동차를 어더 가지고 곳 창동으로 올라갈 수가 잇다. 짐자동차에 가치 타고 오면 편하겟다. 그러나 일이일간 기다려 차판이 된다면 이왕 기다린 숫이니 기다려 보는 것이 조흐나 더 멀면 네 형 곳 보내여서 여기서 도락구(트럭) 올려 보내게 하여라. 도락구 임자가 나를 조하하야 부조 삼아 가려 한단다. 그러나 구ᄇᆡᆨ 원은 적으냐. 너희 어머니는 네가 걸려서 못 견대 한다. 짐 실릴 적 하나는 직히게 하고 광 비여 두지 마라. 어련하리마는 말이다.

(1945년) 사월 초일일 父

30. 京元線 倉洞驛前 倉洞里, 엽서

용산서 나려가는 차를 보고도 타지 못하고 도로 경성역으로 와서 아홉 시 대구행을 타고 지금 조치원 왓삽. 점심은 그 밥 그 반찬 잘 먹고 올 적도 그러케 할가 하압. 내일이라도 한창 륲 씨에게 가보시든지 누구를 보내시든지 경완, 양완 다 무러보시고 약 지여 먹이시압소서. 사위가 와서 자겟스니 서울 가실 적 다리고 가시압소서.

鳥致院過 蒼園 平信

31. 京元線 倉洞驛前 倉洞里, 엽서

ᄯᅥ나보내고 허수하셧슬 것 일컷고 오압. 일행 무고히 징평ᄶᅡ지 왓는대 괴산 가는 자동차 아즉도 한참 동안 잇다하야 기다리는 중이압. 약 한첩 뒤주 위에 잇는 것 다려 잡수시고 ᄯᅩ 한첩 사랑 벼루상압헤 노엿스니 부대 그냥 내버려 두지마시압소서. 박동서 수일 묵으시면 조켓는대 엇지 허시는지 굼〃하압나이다. (작은딸 경완이 폐백드리러 괴산으로 갈 때인 듯)

淸安 曾平驛過 蒼園 平信

32. 京元線 倉洞驛前 倉洞里, 엽서

ᄂᆡ일 상모 보러갈 날인ᄃᆡ ᄂᆡ가 여긔셔 오늘 한시 ᄎᆞ에 ᄯᅥ나려한 것이 예셔 구지 붓들어 할 수 업시 몃칠 묵기로 ᄒᆞ니 양완이나 다리고 다녀오실 일 너모 걸니오며 시흥 인쳔 다녀서 ᄐᆡ평이 오셔, 수원 ᄯᅩ 잘 다녀오시고 거ᄂᆞ리시고 일안ᄒᆞ시기 밋ᄉᆞᆸᄂᆞ이다. ᄂᆡ가 일주일이나 묵으면 거긔셔 여러 가지 어려우실 줄은 아나 엇지할 수 업셔 못 가오며, 김장 형편 보셔, 셔면장에게라도 연모 보ᄂᆡ여 돈을 ᄭᅮ어다가 쓰셔도 조흐니 그리ᄒᆞ시고 만일 그리 낭ᄑᆡ아니될 터이면 나 가기 기다리시옵소셔. 상모가 아비 오기 기다리다가 낙심되얏슬 듯 너모 못 니치나 다음은 가보겟스니 그 ᄯᆡ 다 이약이ᄒᆞ겟ᄉᆞᆸᄂᆞ이다.

倭館驛前 梅園 李萬煥 宅 양역 십일

33. 元線 倉洞驛前 倉洞里 洪起武 宅, 엽서

鄭尙謨 見

네 편지 오래 아니 오니 굼〃 밋칠듯하다. 네 두 누의에게서도 소식 도모지 업서 나날이 속을 태우고 잇다. 네가 어대를 알느냐. 두 누의들이 어쩌냐. 사렴 간절하니 곳 편지 부처라.

(1945. 7. 3.) 음 이십사일 益山 皇華面 中基里

36. 京元線 倉洞驛前 驛長室, 엽서

鄭尙謨 見

잘 잇고 거긔 다 일안하시고 셕화 엇더냐. 네 누의 학질 나어 무고하냐. 어마님 제사에 너를 기다리다가 아니 오니 펵섭〃하엿다. 왕십리서 다 연고 업고 어린애들 보낸다드니 엇지 소식업는지 굼〃하다. 네 둘재 매부더러 너모 보고십다 하여라.

백수불행한 뒤 너의 이모 넘우 대단하시단다. 너의 어머니를 보고자 하신다는대 갈 수 잇느냐. 엇지할지 걱정일다. 네가 편지할 새 업거든 엽서로 서너자 하려무나.

(1945. 8. 2.)益山 皇華面 中基里

37. 8·15 광복 직후 상경

올나온 후는 거긔가 또 아득ᄒᆞ니 셔울 시굴이 이러케 쳔리 갓습. 일간 긔운 일안ᄒᆞ시고 아희들 다 무양ᄒᆞᆸ. 나는 상모 다리고 잘 올라와 잇스나 요ᄉᆡ 감긔로 괴로워 약을 지여다 ᄃᆡ리는 중입. 여긔셔는 일안들. 홍집은 그 싀집에셔 올라왓는ᄃᆡ 아즉 집을 못 졍ᄒᆞ여 셕화모ᄌᆞ와 홍낭ᄁᆞ지 다 여긔 잇습. 박동은 ᄂᆡ가 아즉 못 가셔 소식 모르나 나오기 젼 그만ᄒᆞ시다는 긔별은 아럿다 ᄒᆞᆸ. 일간 편 잇는ᄃᆡ로 또 자셔히 ᄒᆞ겟습.

(1945. 8. 20.) 이십일 뎡인보

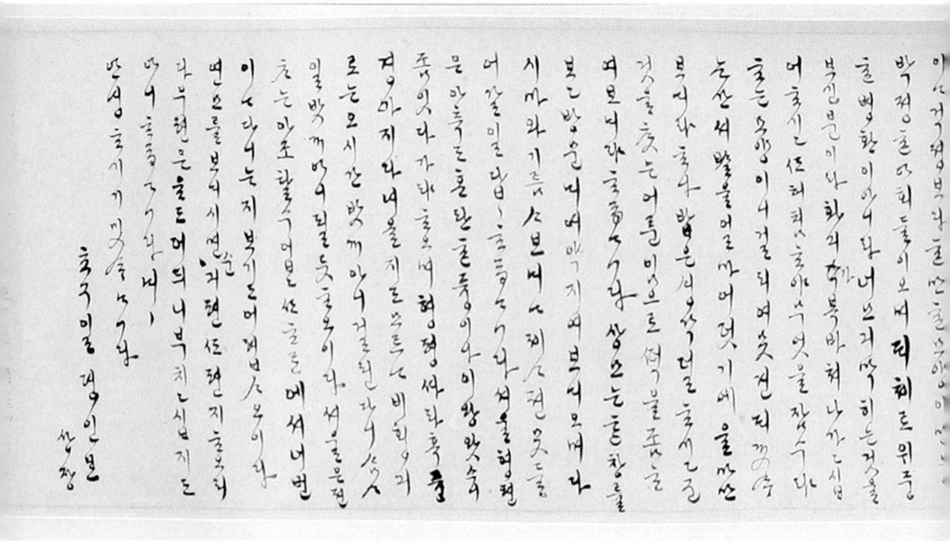

38.

일간

기운 일안하시고 아희들 다 무고하오니잇가. 예 와 앉으니 집이 또 천리 같사오며 상모까지 데리고 와서 더 허수하실 듯 향념 놓이지 아니 하오며 나는 그날 천안서 자고 이튿날 들어와 왕십리로 차를 대이고 문을 열라 하니 원표가 나와 보고 명표가 또쳐 나와 제 모친과 이모는 미국 군대 구경 갔다하니 잠시 나도 섭섭하였습. 조금 이따가 다 들어와 반갑게 보고 큰딸은 울며 나라를 도로 찾아 이렇게 아버지를 만난다 하니 나도 마음이 느꺼웠습. 홍집은 얼굴이 피어서 전보다 훨씬 낫고 석화는 어찌 컸는지 딴 아이가 되고 현표는 크고도 탐스러운데 종일 그냥 뉘어 두어도 떼 한 번 아니 쓰고 허덕어리며 좋아 웃으니 그런 아이는 내 평생 처음 보압ᄂᆞ이다. 얼굴은 누구를 달맞는지 유난히 크고 너글너글하오니 귀엽습. 박동서는 어떠

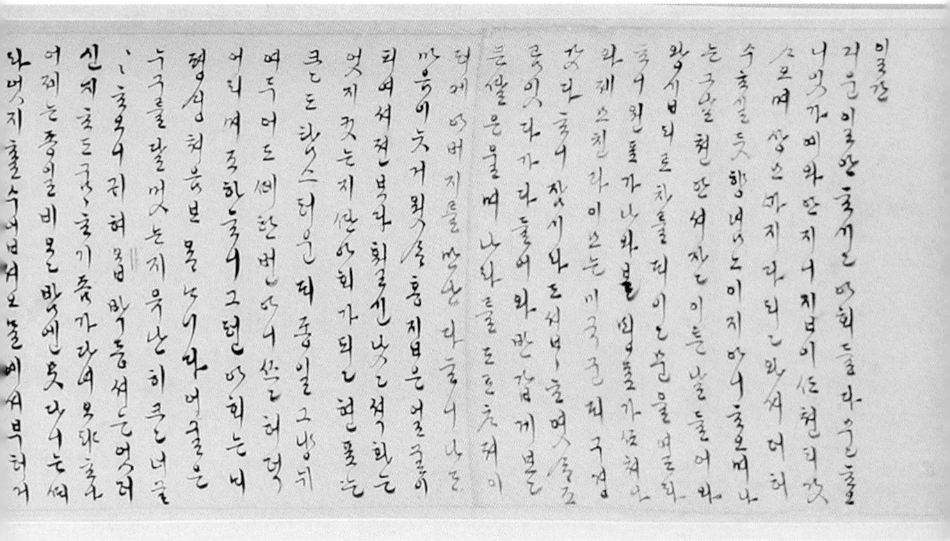

신지 하도 궁금하기 좀 가 다녀오려 하나 어제는 종일 비 오고 밤엔 못 다니는 때라 어찌할 수 없어 오늘 예서부터 걸어서 갔더니 기수가 술아 와서 있으니 너무 기특하오며 처형 양반은 오식에게 가셔서 못 뵈었으나 전에 비하면 매우 나으신 모양이라 하오며 며칠 전까지는 당신 동생 집에 가셔서 계셨다 하압더이다. 백수 댁 말이나 기수 말이나 걱정보다 한만한 모양이 많으니 박정한 아이들이오며 대체로 위중한 병환이 아니라 너무 기막히는 것을 보신 분이라 화기가 북받쳐 나가고 싶어 하시고 또 헛침하여 무엇을 잡수려 하는 모양이니 걸리어 못 견디겠습. 논산서 쌀을 얼마 얻었기에 얼마만 보내려 하나 밥은 생각 덜 하시고 군것을 찾는 어른임으로 떡을 좀 하여 보내려 ᄒᆞ옵ᄂᆞ이다. 상모는 한창률 보고 방문 내어 약 지어 보내오며

다시마와 기름 사 보내나 제사 전 못 들어갈 일 답답ᄒᆞᄋᆞᆸᄂᆞ이다. 서울 형편은 아직도 혼란한 중이나 이왕 왔으니 좀 있다가려 하오며 형편따라 혹 풍경 맞이 다녀올지도 모르나 비행기로는 오시간 밖에 아니 걸린다니 삼사일 밖에 아니 될 듯ᄒᆞ오이다. 서울은 전차는 아주 탈 수 없고 또 하루에 서너 번이나 다니는지 보기도 어렵ᄉᆞ오이다. 연모를 보내시면 순기 편 또 편지ᄒᆞ오리다. 우편은 ᄒᆞ도 더디니 부치고 싶지도 아니ᄒᆞᄋᆞᆸ나이다. 내내 안녕하시기 믿나이다.

초구일 뎡인보 상장

39.

집소식 오래 못 들어 굼〃ᄒᆞ든ᄎᆞ 윤셕원군 오는편 상모 양완남ᄆᆡ의 글씨 보니 든〃ᄒᆞ나 그동안 갓금 한긔 나고 괴로이 지내신가보니 염녀 노이지 아니 ᄒᆞᄋᆞᆸ. 젼번 보ᄂᆡᆫ 인삼 그동안 ᄉᆡᆼ강ᄒᆞ고 가치 다려 자시엿는지 ᄂᆡ가 집에 업셔 약을 아니 ᄒᆞ고 그냥 지나니 걱정이ᄋᆞᆸ. 김사일에게 의논ᄒᆞ고 그젼 물약 가튼 ᄎᆡ료로 한긔 업식고 보할 것을 느어 지어보ᄂᆡ니 간〃 잡수시고 또 박계양 씨가 젼에 ᄂᆡ인방문으로 삼일 치를 지어 보ᄂᆡ니 만일 속이 괴롭고 뒤가 쎠 싀원치 아니ᄒᆞ거든 김ᄉᆞ일 방문 약보다 이것을 먼져 잡수시ᄋᆞᆸ. 거죽에 모다 표를 ᄒᆞ엿스니 잘 보시고 금계랍도 어더 보ᄂᆡ오니 혹 학긔 갓거든 싸는 종의에 콩알만큼씩 싸셔 곡졍수에 ᄒᆞ로 식젼 ᄒᆞᆫ 번씩 잡수시ᄋᆞᆸ. 연모 잘 가셔 잘잇고 상모 속탈 이졔 더 낫고 양완 잘 있고 흥모 양모다 잘 잇ᄉᆞᆸ 휘경이 ᄌᆡ롱 더 신통ᄒᆞᆯ 듯ᄒᆞᆫᄃᆡ 며ᄂᆞ리는 졔이모집에 간지 발셔 오랜가 보니 져도 나이 그만치 ᄎᆞᆫ 아ᄒᆡ가 져의 싀어머니는 편치 안코 싀아비 왼졔잇는ᄃᆡ 그러케 가랴ᄒᆞ야 졔

맘 닉키면 도리를 모르니 그러케 어려움이 업고야 엇지 ᄒᆞᆸ. 닉가 나려가기나 기다려 줄 것이지 너모나 졔맘 닉키는 딕로니 그 버릇 고쳐 노아야 하겟ᄉᆞᆸ. 양완은 졔 학교 ᄀᆡ학ᄒᆞ니 더 오고 십을 터인딕 셔울이 아즉 가러안지 아니ᄒᆞ고 닉가 여러 가지 ᄉᆡᆼ각이 만어 아즉 좀 좀 기다리려ᄒᆞᆸ. 져더러 걱졍 말고 몸만 셩〃ᄒᆞ게 잘 잇으라 ᄒᆞ십.

나는 그동안 별고는 업스나 여기 폐가 너모 되고 또 딕졔학을 해라 딕학교수를 해라 여러 가지로 귀찬케ᄒᆞ야 아즉 셔울 잇기 싀려 오늘 좀 갓다 오랴ᄒᆞ엿드니 비가 이러케 오고 윤군은 부득불 간다 ᄒᆞ여 우션 편지브터 부칩고 부의신과 흥모 양모 운동와는 일간 닉가 갈졔 사가지고 가겟ᄉᆞᆸ. 박동셔는 요ᄉᆡ 졍신 좀 나으신 모양인딕 쯧박게 신판ᄉᆞ 도라가니 너모 불상 그져께 아침 가보니 두셔도 업고 말이 아니며 쳔수딕부인 뵈오니 못이칩더이다 이십원 부위ᄒᆞ하고 십원 싸로 드리엇는딕 거기셔 셩규 아버지 만나 ᄌᆞ셔히 들으니 쳔수 어머니 병환도 달리 아니니 난 것이 아니라 빅수 죽자 그 며ᄂᆞ리가 집갑을 닉라고 악장을 쳐셔 너모 분ᄒᆞ고 긔가 질려 그 병을 어드셧다ᄒᆞ며 신판사도 일젼 그 며ᄂᆞ리 악쓰고 발악하ᄂᆞᆫ딕 그만 뇌일혈이 되야 삽시간 셰상을 버린 모양이니 그런 일도 잇ᄉᆞᆸ. 쳔수 어머니는 그 큰 동셔까지 둘이 나셔〃 인제 집도 쎅기고 말이 못되게 된다기 닉가 우리게 와셔 기시라 하고 마음 갈어 안쳐 너모 슬어 마시라 하니 말장ᄒᆞ시고 닉 말을 퍽 조케 들으시니 우리 셔울 온 뒤는 무론이어니와 싀굴이라도 차만 통ᄒᆞ면 곳 뫼셔 가게 하십. 못된 년 둘이 미쳣다고 굼기고 구박ᄒᆞ야 그러치 실상 미친 양반 아니니 편ᄒᆞ게 ᄒᆞ여 드리고 약쳡이나 쓰면 염녀 업겟ᄉᆞᆸ더이다. 양완 편지 답장 이 편지로 가치 보시웁. 홍랑을 올라와 여긔 잇습. 셕화놈은 숙표가 ᄒᆞ도 위ᄒᆞ여 진표가 심을 ᄒᆞ니 우습고 우리 어셔 셔울로 와야 ᄒᆞᄂᆞᆫᄃᆡ 셔울이 아즉도 이러니 조금 기다릴 밧게 업습. 이식일 사당에 다닌 일 너모 긔특ᄒᆞ웁.

(1945년) 이십뉵일 뎡인보

40.

皇華面 中基里

상모 올나오는 편 부치신 글월 보웁고 든〃ᄒᆞ엿ᄉᆞ오나 그동안 또 날포 되니 굼〃 측량업습.

거ᄂᆞ리시고 긔운 일안ᄒᆞ신지, 일긔 졸연 치워지니 문틈은 벌고 오죽 고ᄉᆡᆼ듕 지ᄂᆡ오시랴 못ᄂᆡ 일컷습ᄂᆞ이다. 아히들 병이ᄂᆞ 업고 휘경 셩〃ᄒᆞ온지 보고시브오며 나는 마지못 이러케 묵고 잇ᄉᆞ오니 마음은 언제나 거긔가 보는듯ᄒᆞ오며 ᄂᆡ일밤 졔ᄉᆞ 참ᄉᆞ도 못ᄒᆞ오니 더욱 유모 감창ᄒᆞ오이다. 집은 우션 약옥 ᄒᆞ나를 엇게 될듯ᄒᆞ온ᄃᆡ 아즉 낙착이 아니 낫ᄉᆞ오며 되는ᄃᆡ로 곳 긔별ᄒᆞ겟습. 이 말 아즉 번셜은 마시웁소셔. 된 뒤에 말을 ᄂᆡ야 ᄒᆞ웁ᄂᆞ이다. 졔수흥졍 약간 ᄒᆞ여 보ᄂᆡ오며 ᄃᆡ구셔 돈을 보낸 것이 잇셔, 본ᄃᆡ 가졋든 것 아울러 일쳔원 보ᄂᆡ오니 ᄊᆡᆼ기는ᄃᆡ로 또 보ᄂᆡ겟습ᄂᆞ이다. 쳔수 ᄃᆡ부인 항결 나으시니 만힝이오이다. ᄂᆡ〃 안녕〃〃이 기시웁소셔

뎡인보 샹장

41.

어제는 상모 써낫스니 오날 들어갓슬 듯 오죽 반가우셧겟습. 윤셕경 오는 편 양완에게 ᄒᆞ신 편지 보고 거나시고 졔절 일안ᄒᆞ신 일 만힝이오나 휘경 셜ᄉᆞ 그리 심ᄒᆞ다니 ᄋᆡ씩ᄒᆞ오며 약

은 지어 보니오니 먼져 먹일 것 나즁 먹일 것 갈희여 쓰시압. 예는 다 별고업고 그젹게 져녁 졍부일힝 들어와 어졔 아츰에 가셔 만나니 쉼갓스오며 니시영씨 허리가 굽어 식노ᄒ나 강〃ᄒ니 옛일을 싱각ᄒ여 감회 만ᄉ오며 인졔 차〃 정돈될 것 갓ᄉ오니 우리 어셔 셔울로 와야 흘디 걱졍이오다. 디학을 가면 ᄉ틱이 잇스나 니가 입씌 잇다가 종즉업는 즈들과 갓치 억개를 연ᄒ기도 어렵고 또 졍부가 여긔셔 스면 즈연 그리로 일이 잇슬 듯 니버리부터 흔다기도 어려워 그냥 잇스니 고싱좀 참으시압. 못과 양초 어더 보니오며 셜당은 어더질지 못 어더질지 니일 보아야 알겟숩. 상모 가는 편 니싼으로는 차근〃〃이 하여 보닛스나 이져바린 게나 업는지 모르겟숩. 연모가 예ᄉᆫ 가셔 져의 미부집 작젼 만원이나 되는 것을 쏙〃이 회계ᄒ여 가지고 와셔 칭츤 들으니 우숩숩. 니〃 잘 기시고 너모 화니지 마시압.

(1945. 11. 21.) 이십일일 상장

42.

무망듕 상모 평완을 보니 반갑ᄉᆞ오며 글월 뵈오니 긔운 과이 못지 아니ᄒᆞ신 일 깃부오이다. 아ᄒᆡ들 다 별고업는 일 긔특ᄒᆞ오나 휘경 돌에 셕 가랴 ᄒᆞ얏다가 암만ᄒᆞ여도 써나기 어려워 못가오니 셥〃 ᄒᆞ오이다. 돈 삼ᄇᆡᆨ원 보ᄂᆡ니 ᄇᆡᆨ원듕에는 상모가 좀 쓸지도 모르오며 ᄇᆡᆨ원은 휘경 돌돈으로 노아주시ᄋᆞᆸ. 나는 어졔 경셩운동장에서 김주셕 ᄃᆡ신 추렴문을 읽엇더니 바람마지라 감긔가 들어 오늘은 아니 나가고 잇ᄉᆞ오며 악가 긔무가 와서 다녀 갓는ᄃᆡ 홍집은 아마 일간 산고 잇슬듯ᄒᆞ오이다. 연모 형제 고등상업 식험 보기 위ᄒᆞ야 일원초싱 올라와야 ᄒᆞ겟ᄉᆞᆸ. 집도 근간 될 터이니 모든 곤란 참고 몸만 셩〃ᄒᆞ시ᄋᆞᆸ. 나는 밤낮 마음을 게셔에게 향ᄒᆞ고 잇ᄉᆞᆸᄂᆞ이다.

(1945. 12. 24.) 益山 皇華面 中基里 → 往十里, 양력 이십ᄉᆞ일 뎡인보 샹쟝

43.

며누리 보아라, 어린녑 돌에 못가 보니 셥〃ᄒᆞ다. 돌잡히는데도 모다 불비ᄒᆞᆫ게 만흐니 엇지ᄒᆞ는지. 싀동져고리 가음도 이 다음ᄒᆞ여 보ᄂᆡ겟다. 빅원은 손녑 돌상에 노라고 보ᄂᆡᆫ다.

(1945. 12. 24.) 이십ᄉᆞ일 싀부

44.

외오셔 거긔 계시게 ᄒᆞ고 나만 편히 와 잇스니 어느ᄶᅴ 잇ᄌᆞ오릿가. 셰시는 박도ᄒᆞ고 여라가지 걱졍ᄒᆞ실 일 ᄎᆞ마 못잇ᄉᆞᆸᄂᆞ이다. 인편도 아득ᄒᆞ야 편지 ᄒᆞᆫ 자 부치지 못 발셔 일삭이 거의 되니 ᄎᆞᆷ으로 견ᄃᆡ기 어렵ᄉᆞᆸ. 긔운이나 과이 못지 아니ᄒᆞ시고 며ᄂᆞ리 목 수인 것 터지엿ᄂᆞᆫ지 흥모 양모 다 잘 잇고 휘경 셩〃ᄒᆞ오니잇가. 예는 다들 일안 나도 잘 잇스나 게셔 ᄉᆡᆼ각으로 날마다 못이쳐 어셔 셔울로 모여야 ᄒᆞᆯᄶᅥᆨ 셰상일이 ᄒᆞ도 분운ᄒᆞ더니 요ᄉᆡ야 겨오 두셔가 잡히는 모양이니 나도 이 일로 ᄒᆞ여 과셔도 못ᄒᆞ러가ᄋᆞᆸ. 몃칠 잇스면 우션이라도 ᄃᆡ두리가 되는 모양이니 우리 셔울 오는 일도 여긔 ᄯᅡ라 되겟ᄉᆞᆸᄂᆞ이다. 돈은 ᄂᆡ가 글 지은 것 파는 것으로 몃 만원 ᄉᆡᆼ길 것 갓다ᄒᆞ여

그게 우셔 집미쳔이 되겟는듸 엇지 될지 오늘 보아야 알겟습. 연모는 고등상업학교에 들어 사방모ᄌᆞ를 쓰고 다니〃 긔특ᄒᆞ고 상모는 월급이 쳔원이나 된다 ᄒᆞ고 쏘 이ᄉᆞᄒᆞ기ᄭᆞ지나 붓들고 잇는 것이 나을 것 가타셔 부ᄌᆞ 의논ᄒᆞ고 봄 뒤에 젼문학교 가기로 ᄒᆞ읍. 연모 입학비는 마침 조선일보ᄉᆞ장 방응모가 돈삼ᄇᆡᆨ원을 보ᄂᆡ고 ᄂᆡ가 어느 잡지에 시조를 지여 주엇드니 오ᄇᆡᆨ 오십원을 가져와셔 그것으로 ᄒᆞ엿습. 홍집 이야기가 먼저 나올 게 뒤로 되엿습. 홍집 그 동안 순산 ᄉᆡᆼ녀 아모 탈업스니 긔특ᄒᆞ듸 머리 종긔가 나셔 이가 그 속으로 들어가 우물〃〃ᄒᆞᆫ다고 여의ᄉᆞ가 약가루를 보ᄂᆡ여 어제 양완이가 갓다 주고 왓습. 삼은 혹 다려 잡수셧는지 ᄉᆡᆼ강ᄒᆞ고 좀 다려 자시고 박계양씨 방문으로 가루약 ᄂᆡ가 지어 왓기 보ᄂᆡ오니 속 조치아니 ᄒᆞᆯᄯᅦᆨ ᄒᆞᆫ봉식 잡수시고 흥모 양모 양복 양말 ᄉᆞ보ᄂᆡ오며 준시 ᄒᆞᆫ졉 ᄉᆞ보ᄂᆡ오며 기름 조금 ᄉᆞ보ᄂᆡ오며 문어가 ᄉᆞ십원ᄌᆞ리니 두고 씨브시읍. 미국ᄉᆞ람 먹는 과ᄌᆞ가루라고 먹어보니 ᄉᆡᆨ금ᄒᆞ고 조키에 눈셥만큼 보ᄂᆡ오니 맛보시읍. 인쳔 묘직이가 밤 두말씀 갓다두엇스니 우순 놈이읍. ᄒᆞᆫ말 ᄌᆞ졔들이 가지고 가니 ᄎᆞ례에 강졍 못ᄒᆞ엿스면 살머셔 쓰시읍. 얼마 아니ᄒᆞ면 오실 터이니 고ᄉᆡᆼᄉᆞ리 조곰만 견듸시고 며ᄂᆞ리더러도 참으라 ᄒᆞ시읍. ᄒᆞᆯ말ᄉᆞᆷ은 만흐나 이로 다 못ᄒᆞ겟습.

(1945. 12.) 이십구일 뎡인보 샹장

거긔 ᄆᆡ화쏫 티엿습. 예는 누가 홍ᄆᆡ를 보ᄂᆡ셔 방안이 향내 속이읍.

45.

ᄯᅥ나온 뒤 엽셔 부칠 사이가 업셔 이제야 수자 부치ᄋᆞᆸ나이다. 거느리시고 안녕ᄒᆞ시고 두군ᄃᆡ ᄯᆞᆯ들 다 무양ᄒᆞᄋᆞᆸᄂᆞ니잇가. 며칠 도라다니며 잘 지나고 오늘 고셩으로 가오니 산져혈 먹은 뒤는 수이 갈야 ᄒᆞ옵ᄂᆞ이다. 우션 돈 얼마 보내오니 쓰시고 형편 보아 ᄯᅩ 부치랴 ᄒᆞᄋᆞᆸᄂᆞ이다. 의정부셔 규수집 긔별 혹 잇셧는지 굼〃ᄒᆞ오며 준시는 예셔 좀 구ᄒᆞ여 보ᄂᆞ려 ᄒᆞ오나 될지 모르겟ᄉᆞᆸᄂᆞ이다.

뎡인보 샹장

둘째 딸 경완이 어머니께 쓴 편지

보내신 것 잘 먹엇습니다. 굴비는 석화가 고기 달라기 매일 조금식 먹입니다. 미역도 참 좃습니다.

생신은 엇더케 차르섯는지 궁금한 마음 측냥 업습니다. 래년은 또다시 전과 갓겟지요. 축수합니다. 잘 잡수시고 잘 게시다 자미잇는 래년을 마지하세요. 저는 가고 십흐나 짐 ㅊ도 맛히고 하여 못 가겟스나 너머 섭〃히 생각하지마세요. 연모 여러 남매 데리시고 안녕히 지내시읍. 음식 보시면 제 생각 나실 듯 머러노니 무엇하겟습니까. 어제 형의게 가서 고기 실컨 먹고 왓스니 너머 생각 마시고 되지고기나 만흐시거든 조린 것이나 변도의 너허서 좀 보내주시면 상모하고 먹지요. 혹시 엿이나 만들어 노섯다면 조금만 하고 썩이나 좀 하고 보내시읍.

찰밥이 먹고 십ㅅ오니 혹시 팟이 잇스거든 조금만 하고 찹살 조금만 주섯으면 그리고 아모것도 다ー 못 주시드라도 고초장이나 상모쌀병의라도 너어서 점 조금만 보내주섯스면 입맛이 개운하겟습니다. 무명 사신 것 잇스면 댓ㅈ만 주섯스면 석화 바지저고리 달린 양복을 하나 해 주겟사오니 잇스시거든 좀 주세요. 얼마식 하는지 사실 수 잇다면 돈 부치겟스니 좀 사주시읍. 한필만. 고초가루 살 수 잇스면 한사발만 사주시면 돈은 나종의 부치겟습니다. 찌개뚝백이 하나 노끈으로 짠 반주써리 (조그맛게) 엇지되엿스며 이불은? 저는 곳 槐山 갈 듯하오니 그리아시읍.

1945년 가을. 둘째딸

셋째 딸 양완이 아버지께 쓴 편지

아버지!!

떠나신지 벌서 一週日이 됩니다. 그동안 安寧하신지 참 궁굼합니다.

昨日 졔사는 어머니하고 져애들이 잘 지냇습니다. "고기"도 갓자분 것을 사서 상하지 안은 것을 썻습니다. 실과는 저번가치 "죠홍" 한기하고 어머니 재주로 밀두 박궈서 "타래과"두 한기 썻씁니다. 그리고 "졔메"는 "山稻"(햅베)를 配合米 하구 박궈서 햅쌀로 지냇습니다. 前날부터 日時計를 마쳐서 時計도 쏙 마치고 普通 때와 가치 朝鮮時 十一時 半부터 시작햇습니다. 지가 촉대를 들고 옵빠가 "사당"을 뫼셔다 아버지 써노신 대로 뫼셔 노코 졔물도 아버지 써노신 대로 잡서놧습니다. "두부탕" 하고 "무탕"을 잘못놔서 대보고 다시 잡서놧습니다. 혹시 틀릴가베 처음부터 파사할 때까지 써노신 대로 읽으면서 맛춰지냇습니다. 옵빠하구 양모가 지냇습니다.

아버지 졔사 지낸 얘기 먼처 하엿쓰니 집애기 하겟습니다.

아버지 써나신 날부터 옵빠가 학질을 아러서 안기신 동안이라 퍽 걱정햇쓰니 매부가 주구 가신 "기니내" 먹어서 지금은 나앗습니다. 그박에, 집에서는 아무일 업시 잘 잇습니다. 아버지가 못 오시면 옵빠래두 올 줄 알구 "까치말"까지 나가 보앗습니다. (興謨, 良謨)

아버지가 집에 안기시니까 졔사 지낸 후에 汝勝이 하라버님 兄弟분 뫼셔올 수도 업써서 酒하구 졔사밥을 보냇습니다.

옵빠두 나아쓰니까 내일 졔사 지내구 갈 수 잇쓰면 보내신다구요, 어머니가.

타래과두 잇고 공국도 잇고 콩나물도 잇쓰니까, 차마 아버지 생각 옵빠 생각 납니다.

참, 아버지 仁川 秋夕 채래 지낼 돈 보내션는지 지금 생각나니 옛줘 본다구요, 어머니가.

崔炫 氏, 權 氏(江陵) 柳惠佑 氏 한태서 편지 왓습니다. 江陵서 온 書留(등기) 속에는 百圓이 들엇습니다.

옵빠가 안 오구 편지 안 와서 궁굼하구 답〃하니, 옵빠 보구 편지 부치라구 하세요.

졔사 지낼 일이나, 집에 걱정은 마으시고 편안이 기시다 오세요. 지금 京城은 어쎱니까. 여긔서는 강감 消息, 新聞도 안 오나 바요.

서울에서 셋째 딸 양완이 익산 어머니께

어머니

어머니 몇 달만에 편지를 쓰는가요. 안녕하세요. 어머니, 여긔는 아버지도 안녕하시고 다ㅡ들 잘 잇습니다. 큰옵빠가 와서 참 반가왓고 어머니가 해 보내신 솜조고리는 어머니냄새가 나는듯하고 폼신〃〃하고 짜듯합니다. 어머니 한테 한번 편지 부쳣는데 안 드러갓세요. 저번에도 써노코 못 부쳣세요. 지금 학교의 자습시간입니다. 내앞헤 안즌 동무도 시골어머니가 오날 오신다고 들쒸며 조와합니다. 어머니도 오셧스면 얼마나 조흘까요. 휘경이가 얼마나 입쌔젓세요. 현편들 볼썩마다 생각납니다. 어머니 식모는 나갓는지요. 어머니 언니 추어서 고생하시겟세요. 나는 쓰듯한 방에서 잘 자고 잘 먹고 잇습니다. 걸려마세요. 되래 큰매부 생일날 메밀국수… 어머니점 드리고 십헛세요. 고구마두 실컷 먹엇세요. 광주서 헵쌀이 드러와서 맛인는 밥을 먹고 잇세요. 학교 공부도 자미잇고 어머니가 보시면 인제는 칭찬하실 써애요. 학교에서 반에 부원이 되고 학교 도서부의 전교 서긔가 되엿세요. 어머니 등을 치며 칭찬해 주세요. 어머니.

그리운 어머니.

1945년 가을. 셋째 딸

서울에서 셋째 딸 양완이 익산 어머니께

어머니

아주머니 하테 갓다 왓세요. 아주머니는 퍽 나셔서 깁뻣습니다. 둘제옵빠가 월급 탄 돈 이십원을 주어서 육회를 지다 드렷습니다. 종균이 식구는 시굴로 가고, 아주머니 옵빠들은 청엽정으로 이사햇습니다. 숭가 같은 그집을 떠나셔서 시원합니다. 아주머니 병환도 거긔 가시고 나서 퍽 나셧데요.

긔수옵빠는 만주서 하두 거러 발이 썩엇쌉니다. 아주머니 뫼시고 밥해 먹는 게 싹하고 걸려죽것세요. 아직 이사하신 집에는 몰라서 못갓세요. 그리고 학교가 서대문 덕수학교 앞, 전일번여학교로 이사하느라고 혼낫습니다. 학교가 크고 설비도 좃습니다.

이번 공일쯤 아주머니한테 갈랴고 합니다.

흥모 양모 소학은 얼마나 배왓는지요.

어서〃〃 서울 와서 학교에도 들러야 할 텐데요.

어머니 안녕히 기세요.

1945년 가을. 셋째 딸(경기여고 3학년)

서울에서 셋째 딸 양완이 익산 어머니께 쓴 편지

그리운 어머니에게

어머니, 잠결에도 불러지는 어머니소리, 마음편치안흔 생활에 병환이나 안나셧는지요.

옵빠가 갓다 와서 흥모 양모 소식 드르니 퍽 기쁨니다. 휘경이 알른다는 소식을 듣고 걸려서 혼낫습니다. 별별가지 과자가 산것치 쌔여잇서서 우유과자를 볼 째마다, 사보내구 십흔 마음 간절하지만, 너무 빗싸서 차마 못사보냅니다.

어머니, 얼마나 속이 상하세요. 보는 듯합니다. 임시 정부가 드러와서 얼마안헤 정리 될 줄 믿씁니다. 우리집도 오래지 안어 생길 쯧 합니다.

아버지는 중국서 오신 여러분과 만나시고 서양 장관도 문안에서 거러서 왓섯습니다.

퍽 고생되실 주 압니다마는 조금만 참으시면 될것 같습니다.

서울서 오시랴고 하는 사람이 만흐나 아직 참고 잇습니다. 유만리서는 짜루 나서 사직동 큰집에 살고 잇습니다. 사장어른도 못게 되시고, 매두도 신문사 부장이 되엿고, 매부도 취직햇습니다.

어머니, 우리 학교 방학만 하거든 될 수 잇는데로 휘경이 돌안에 가랴고 합니다.

어서 〃〃 나라가 잘 되서 그립든 어머니를 만나보게 될날을 고대〃〃 기다리고 잇습니다.

그럼 이만 주리겟습니다.

어머니

1945. 12. 셋째 딸

정인보가 지은
여러 노랫말과 글들

삼일절가

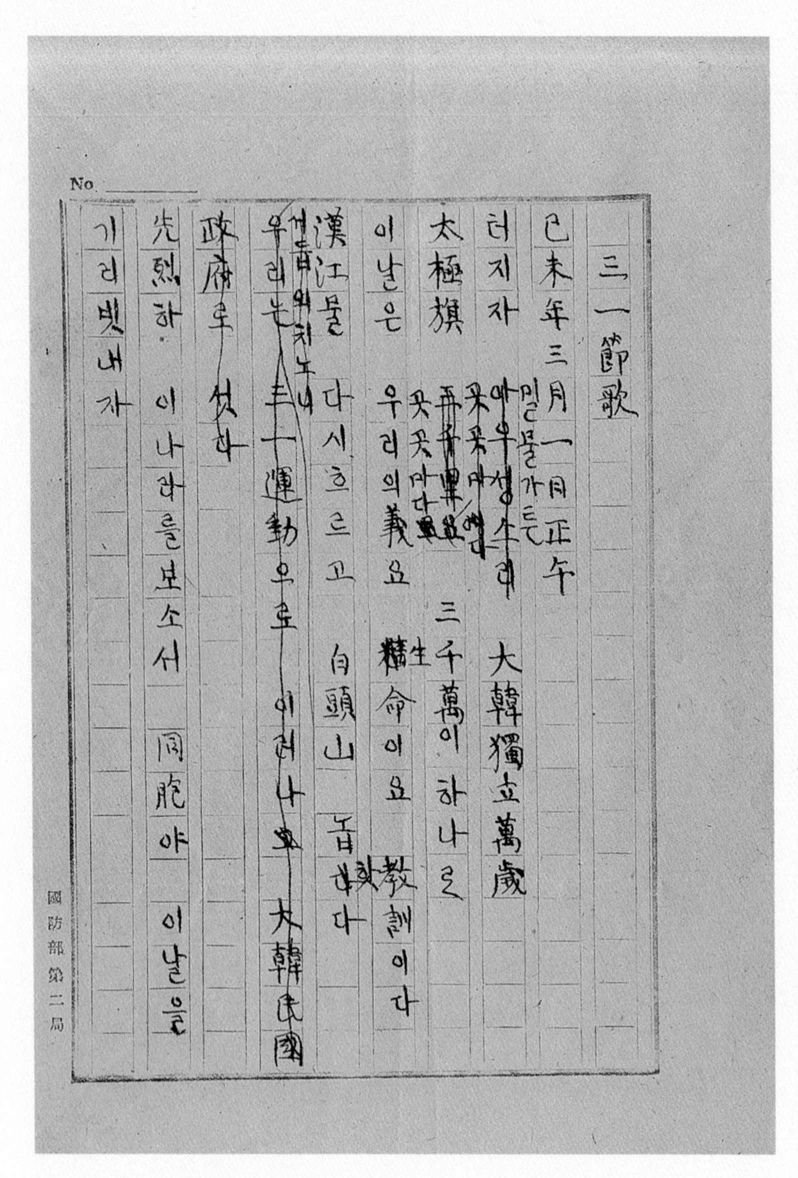

No. ______

三一節歌

己未年 三月 一日 正午

터지자 밀물같은 大韓獨立萬歲

太極旗 곳곳마다 三千萬이 하나로

이날은 우리의 義요 生命이요 敎訓이다

漢江물 다시 흐르고 白頭山 높았다

우리는 三一運動으로 이러나 大韓民國

政府로 섰다

先烈하 이나라를 보소서 同胞야 이날을

기리빛내자

國防部第二局

* 이 사진은 『위당 정인보 탄신 2주갑 기념 오천년간 조선의 「얼」, 오늘을 물으시다』 (연세대학교박물관, 2013) 79면에 사용된 사진이다.

제헌절가

No

制憲節歌

太地위 도는 금도 日月의 길도

절로선 그 森嚴을 직혀 저러니

비、구름、바람、거느련채 人間을 도으

셧다는 우리 옛적

삼백 예순 남은 일이 무한 하늘 뜻 그대로 엿

다 삼천만 한결 가치 지킬 원약 이루니

정성에

다가치 이러서서

삼천만 마음 우로 쏟아 한

나라는 법으로 살고 민족은 법으로 선다

옛길에 새거름으로 발을 마추고져

이날은 대한민국 억만년의 터

의 터

No ________

손、씻고、고히、빗들어서 우주의 별들

가치 괴도로만

사사업는 빗난 구위 압날 계속하이로다

바다물 거칠다고 이제 놀러 잔잔하리라

여긔서 저소리나니 평화오리라

이 날은 대한민국 억만년의 터다

의 터

大韓民國監察委員會

광복절가

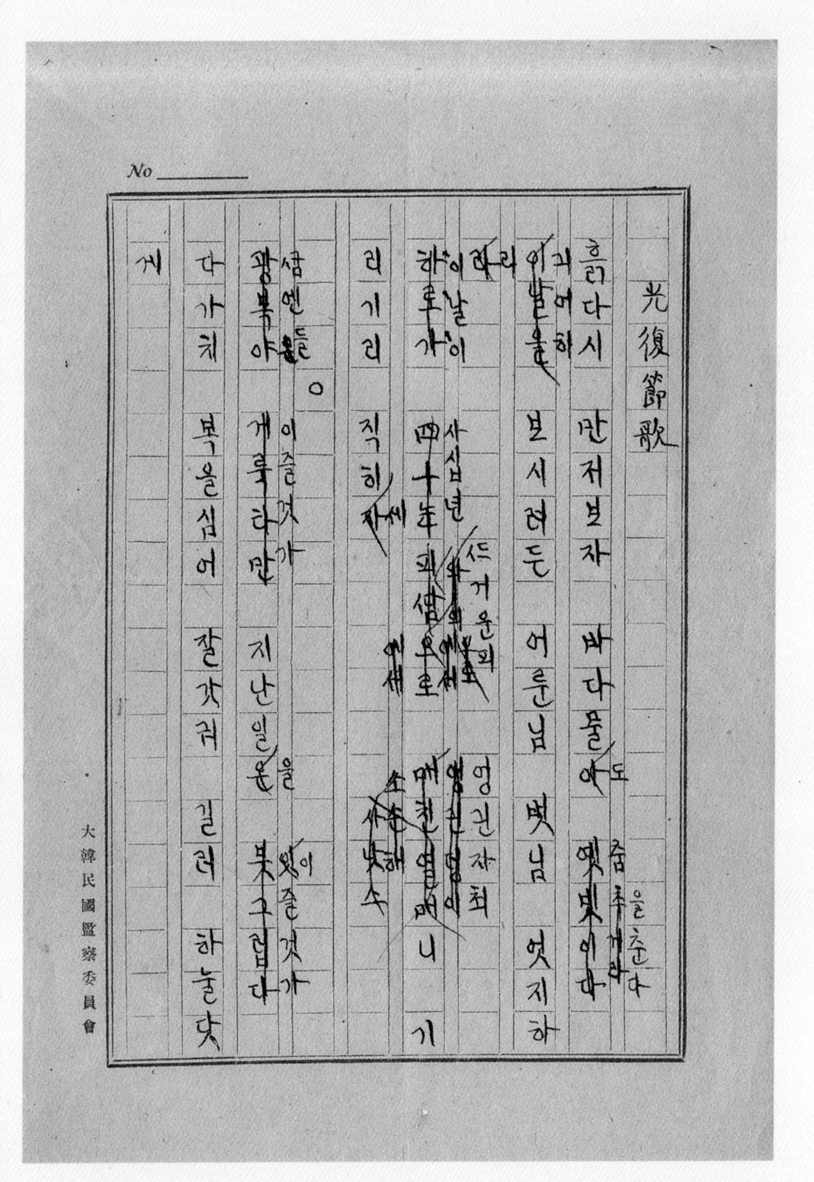

No

光復節歌

흙 다시 만저보자 바다물도 춤을 춘다

기어이 보시려든 어둔님 벗님 엇지하

리 이날이 사십년 뜨거운 피 엉긴 자최니

길이길이 직히세

꿈엔들 이즐것가 지난일을 이즐것가

다가치 복을심어 잘갓궈 길러 하눌닷

게

大韓民國監察委員會

* 이 사진은 『위당 정인보 탄신 2주갑 기념 오천년간 조선의 「얼」, 오늘을 물으시다』 (연세대학교박물관, 2013) 79면에 사용된 사진이다.

개천절가

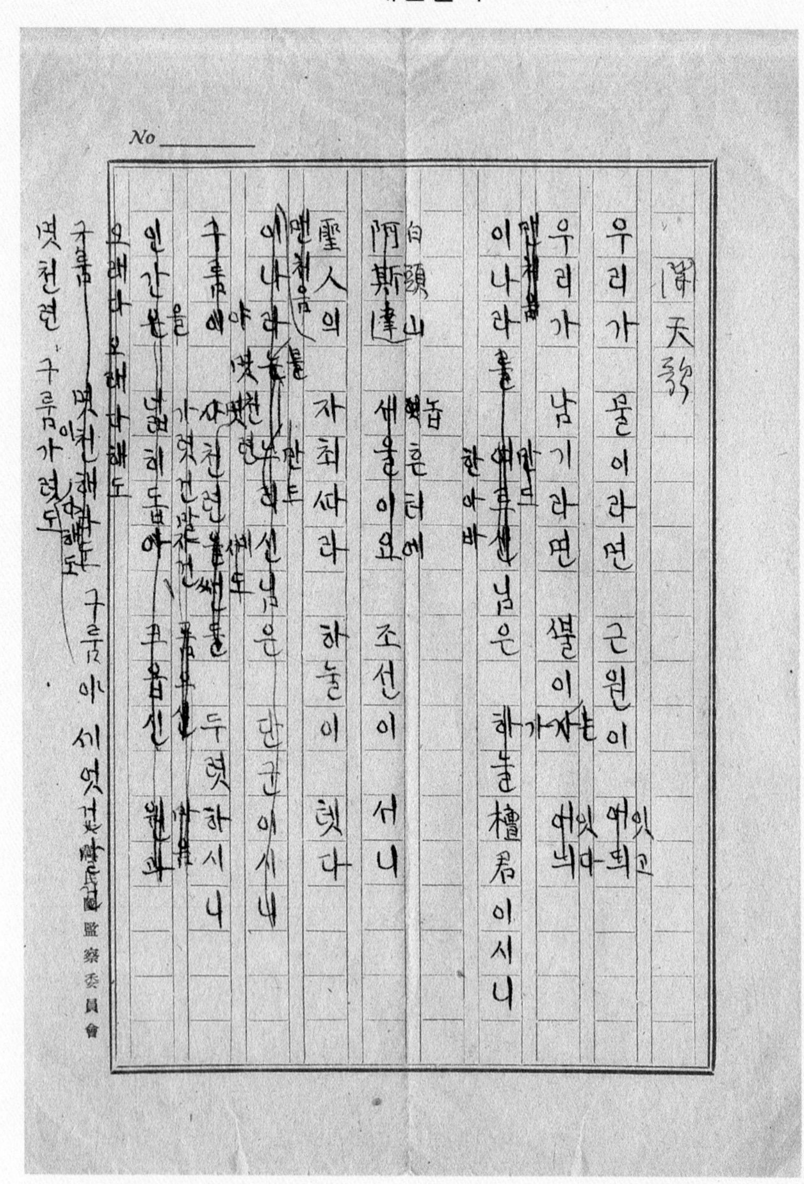

* 이 사진은 『위당 정인보 탄신 2주갑 기념 오천년간 조선의 「얼」, 오늘을 물으시다』(연세대학교박물관, 2013) 79면에 사용된 사진이다.

이 충무공 기념사업회 취지서

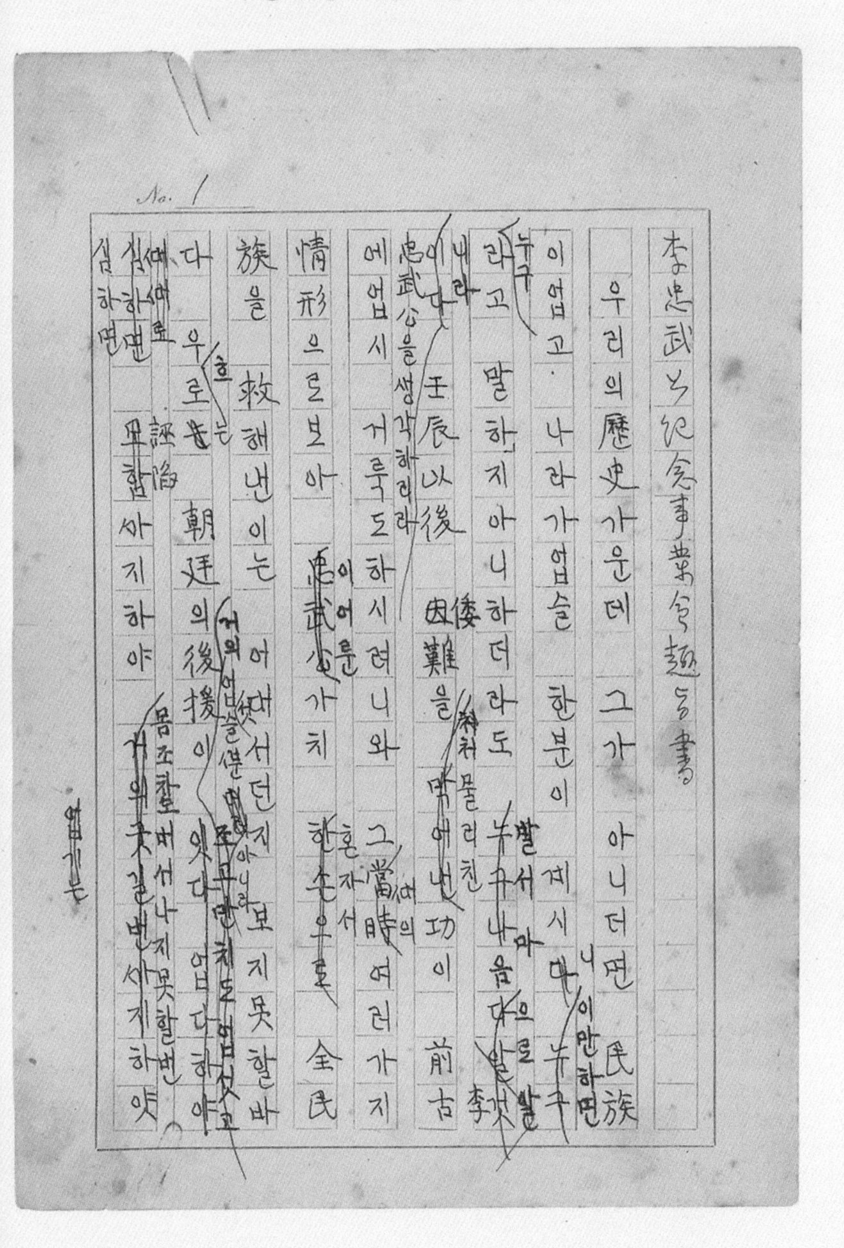

李忠武公紀念事業會趣旨書

우리의 歷史 가운데 그가 아니더면 民族

이 업고 나라가 업슬 한분이 계시니

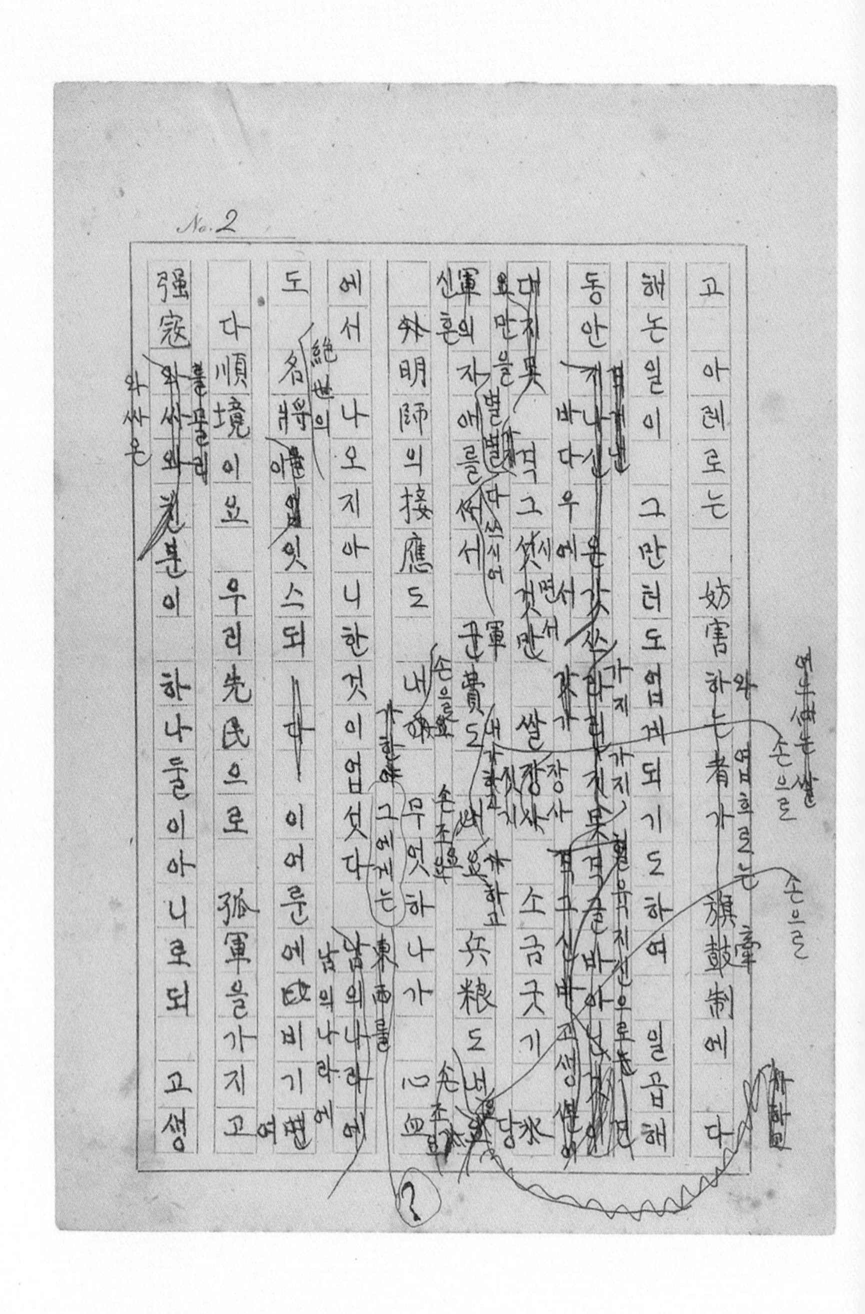

No. 2

고 아레로는 妨害하는者가 旗鼓制에 다

해논일이 그만터도업게되기도하며 일곱해

外明師의接應도 내 무엇하나가 心血

에서 나오지아니한것이업섯다 東西南北의나라에

도 名將이 잇스되 이어룬에比비기여

다順境이요 우리先民으로 孤軍을가지고

强寇와싸와 본이 하나둘이아니로되 고생

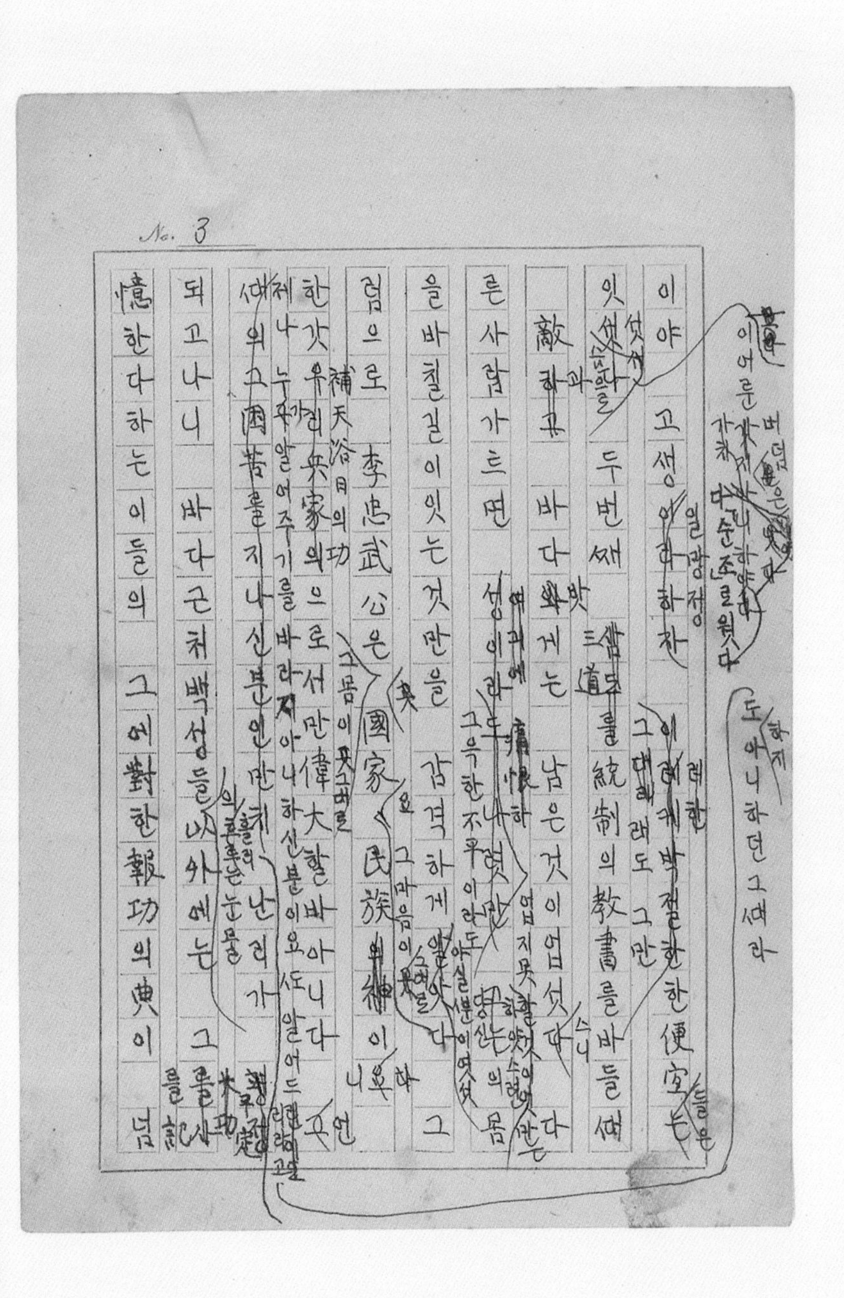

No. 3

이야 고생이야 하차 이레한 박절한 便宜는
잇섯슴을 두번재 三道를 統制의 敎書를 바들때
敵과 바다밧게는 남은것이 업섯다
흔 사람가트면 생이라도 그우한 不平이라도 업지못할 몸
을 바칠길이 잇는 것만을 감격하게 알아야 다 그
럼으로 李忠武公은 國家 民族의 이
한갓 유명兵家의 으로서만 偉大할바 아니다
세나 누가 알어주기를 바라지 아니하신 분이요 사도 알어드리고
세의 그 困苦를 지나신 분인 만치 난리가
되고나니 바다근처 백성들 以外에는 그
憶한다하는 이들의 그에 對한 報功의 典이

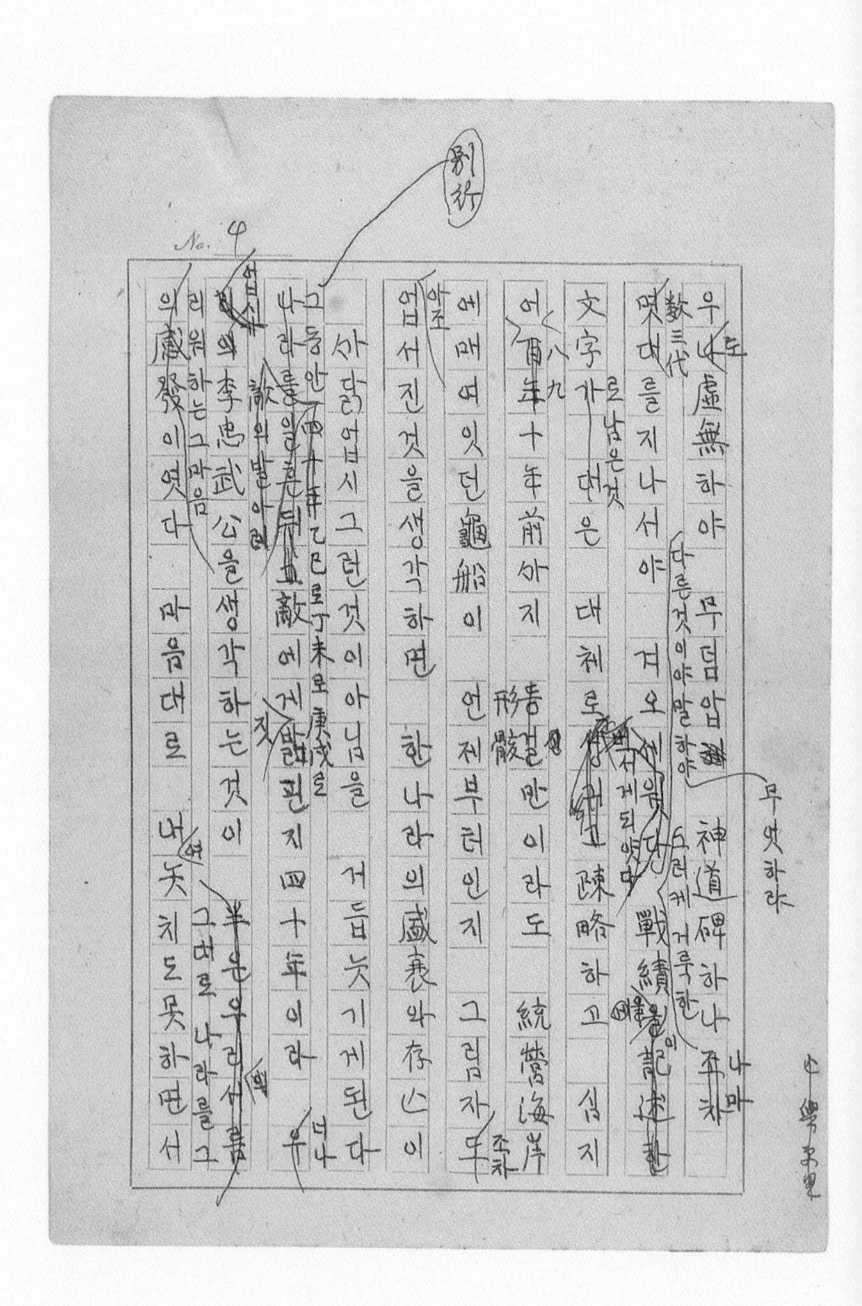

No. 4

우 虛無하야 무덤압 神道碑하나
數三代 멧대를 지나서야 겨오 세워단 戰績을 記述한
文字가로 남은것 대은 대체로 疎略하고 심지
어 百年十年前까지 이라도 統營海岸
에 매여 잇던 龜船이 언제부터인지 그림자도
업서진 것을 생각하면 한나라의 盛衰와 存亡이
사람 업시 그런것이 아님을 거듭 늣기게 된다
그동안 四十年 乙巳로 丁未로 庚戌로 나라를 일흔 뒤 五歎에게 지 四十年이라
업시 의 李忠武公을 생각하는 것이 半은 우리
리워하는 그 마음 그대로 나라를 그
의 感發이엿다 마음대로 내놋치도 못하면서

No. 5

若干의 慕듬도 하고 奉金하나마 遺蹟保存
하기에 多少의 施設이도 잇섯다 그리자 그것마
저 敵의 薄害아레 侮辱오려지고 말엇더니 다시
눈으로 倭人업는 이상을 본지도 四年이
니 忠武公께 向하는 마음이 閑山島압바다물
결과가치 구비구비 서로열리여 허사로엇지
할줄을 모르게됨을 누구나 다늣길러라 이
해는 戊子나 四年을 더보내면 壬辰의 六
週甲이니 우리로서 壬辰年을 이질길이업
슴은 말하도말고 干支에대여서 往事를追
를자최삼아서

No. 6

에 얼마든지 대일만 援助가 잇는 城主 에러
운念할진대 버렴 平義智 玄蘇가와서
우리國情을 엿보면 갓스니 세상이 다 못보는
方來의 寇亂을 혼자서 바라보고 남몰르
게 準備하던 李忠武公의 心手가 이정히 이지
음에 한참밧부실때다 우리同志一同은 李
忠武公을 紀念하는 事業을 이제부저 으이크게
하고저하야 우선 發起人을 모도기로 한나
忠武公이 아름이 계시면 한편으로 생각하
면 三千里 물한방울 흙한알이 忠武公의 紀念

No. 7

아닌 것이 업스니 우리 新興 政府를 어서 밧비 山河

우리의 過去 멋千年 동안 그 한분으로 하야

民族이 살고 나라가 弧弦의 빗새로운 빛을 듯고 아냇서

三五의 滿壁이 된 (위세예야) 盟山、誓海의 英魂이 이일저일

거의 비치실언정 이 밧게 區區한 노릇은

오히려 急하지 아니할 듯하나 이 어룬을 紀念하는

노릇은 大小가 업시 다 우리 精神의 鼓動이나

이 磨龍이에 눈어갈 江山에 精神의 빗이 이것

이 곳 月影을 우리의 期待하는 달빗을 둥굴리는

데에 적지 아니한 도음이 될수도 잇다 우리의 (應하시라)

이 事業이 느지막한 일이 아니다

한산도 제승당 비문

閑山島制勝堂碑文

前面

이충무공 계시던 제승당의 터다

後面

이충무공이 세도수군을 통제하실때 뭍
에 오르면 여기계셨다 헐어지고 다시세
고 몇번이라 바로 그집은 아니나 누구
나 눈속 마음가운데 제승당이 희미하여
진적이 없음으로 삼백여년이 지난 오늘
에도 계실제 그곳을 그대로 그리어나려

왔다 「비」에 삭여 전한바도 잇거니와 「비」아니라도 두렷하다 거의부서지던 나라를 혼자 붓드시니 이충무공은 한민족의목숨이섯다 해상작전을 지휘하시던데가 여긔요 적을 지치어 큰공을 세운이들을 상주시던데가 여긔요 밤이 새도록 걱정으로 못주무시던데가 여긔다 저 꾀련바다나 멀고 갓가운 섬과 산이나 다 그새의 그것이요 오고 가는 해오리까지라도 그새에 보시던것과 달르지아니하려니 여

긔서 이 충무공을 생각하라 친히 뫼압는듯
도하니라
그동안 이생이 욕속에 잇슨지 사십년
이 넘엇다 그새 적을 물리치시던 매운
긔운이 은연한속에 우리나라를 버틔신지
라 옛강토가 차례로 우리손에 도라오게
되엿다 세치신바 이러하시니 잠시 배
그림자가 시치엿던 물가의나무가 잇다할
지라도 맛당히 밧들어 직히려든 이제
승당은 중하기 저러하니 비하나만에 부

축하야 다시 이 돌을 사기는것도 그러할
바요 사도 중소학학도들이 힘을 모아 이
일을 하니 알음이 계시면 그득다하실
만하다
알라 터도 터이러니와 이충무공의 마음
을 직히라 차저노흐신 삼천리를 하로밧
비 한덩어리를 만들어야할것을 우리도
산 바다에 맹서하자

이충무공 순신 기념비

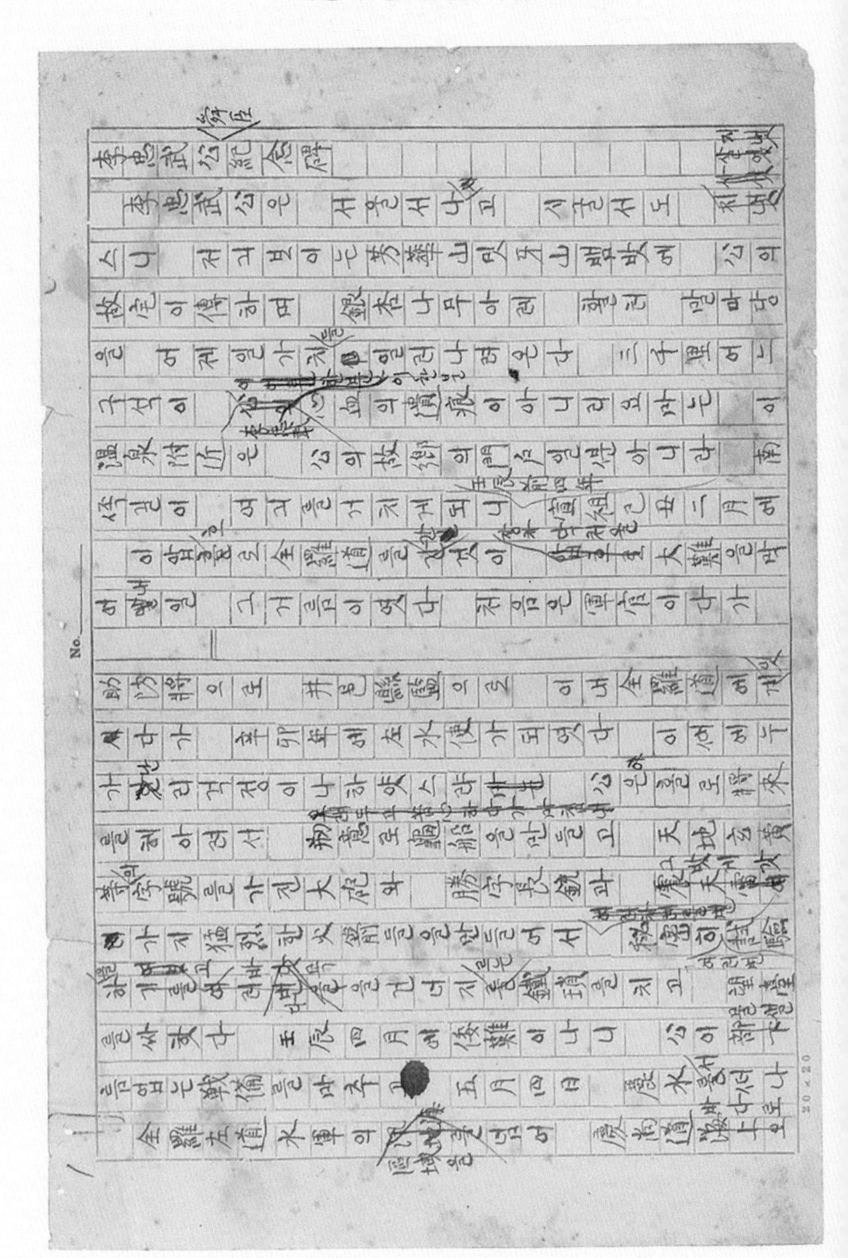

2

No.

들어섯다 倭賊은 거칠것이업게만알더니
엇지뜻하얏스랴 玉浦바다에서 거북가치된
새로배들이 다닥치면서 우루룩 우루룩
쌩 쌩 쌩 賊이걸려 불사이도업시 새여
지면서 다오르니 바다가불이요 물결이벌
건켯다 忠武公의戰勝이 이싸음부터다
연하야 泗川에서 唐浦에서 唐項浦에서
賊을보는대로 못질러서 한달동안에 賊船
을새트린것이 百餘隻이라 上陸한賊은
가슨치고 오는賊은 陸地에부듸친이업섯다
니 公한분이아니런들 부엇부터中興을바랏것
을생각해볼餘地도업다 申砬가튼분은 水軍
을업새고 陸戰에힘을모자하고 公은 둘
하나도업셀수업다하야 한참海戰에밧분가
운데에도 陸軍의軍馬를걱정하고 突山興陽
等地에길러둔말을 가져다가 라도록하고
우로求禮의石柱陶灘光陽의豆恥는 陸의要害
라하야 義僧과鄕兵을 聯絡하야 두어직히
도록하얏다 玉浦에서 大駕播
遷되별을듯고 唐項浦海戰이끗난뒤 젼瀷入

20×20

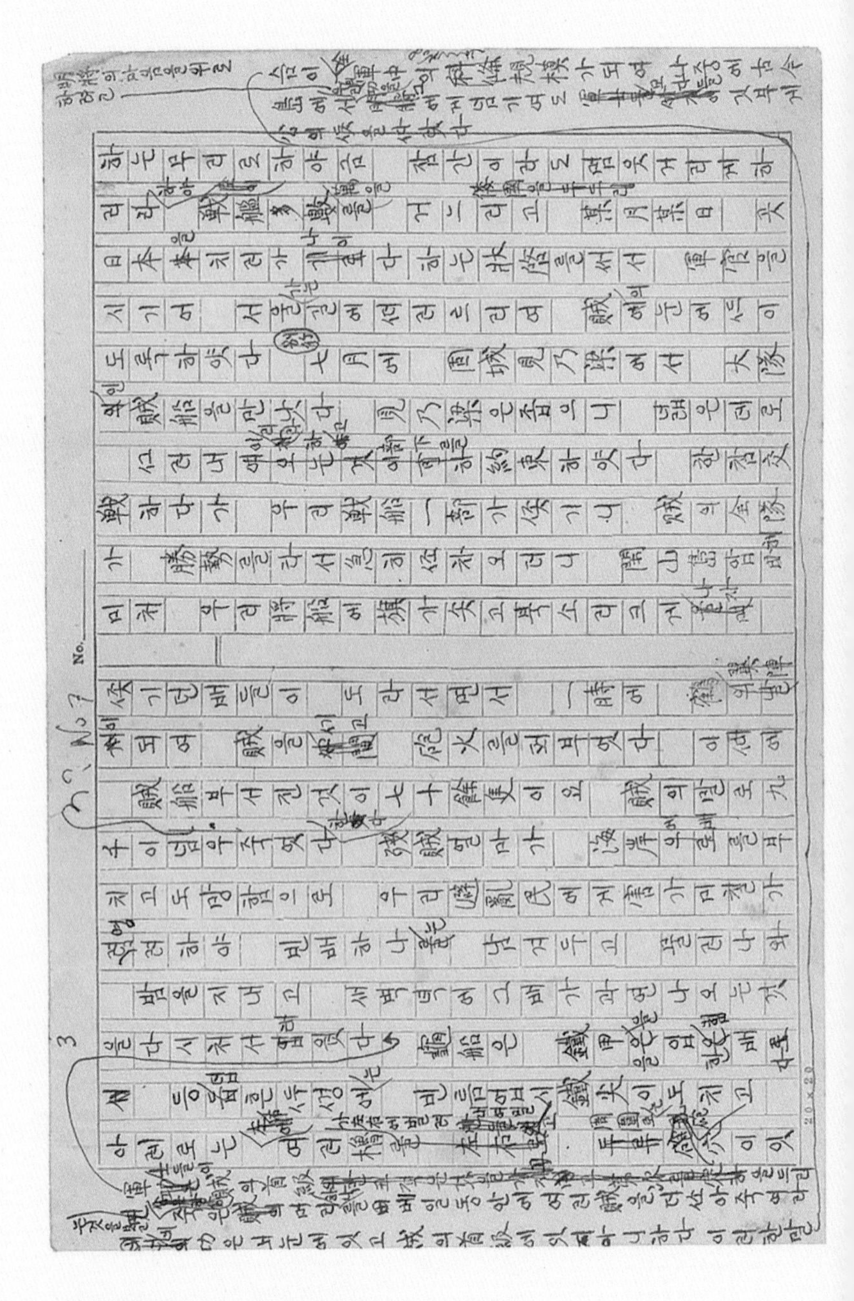

서 砲機를 걸고 압 龍頭에 건 것이 가장 크다
우리가 밧갓은 보아도 박게서 우리를
볼수가 업다 찬 檣軍들이 一時에 檣
周圍의 砲火가 한서번에 터짐으로
눈꽃으로 들어 四方에 벼락이 되고
體가 堅固함으로 賊의 彈丸 못해도다 그
럼으로 賊을 만나면 突擊이 압서
부시고 板屋船이 뒤를 서랏다 閑山島 압에서
賊을 全滅하고 나서 다시 釜山에서 賊의 船들
을 부시고 또 水陸으로 어울러 처서 無數한
賊을 무지르니 이 뒤부터는 賊 오는 것이 적어
가 아니라 다라나는 것이 걱정이엿다 閑山島
를 本陣으로 하고 海上을 控制하던 차에 三
道統制의 命을 바덧다 거주으로 보기에는 公
은 三道水軍의 總帥라 一切를 펴볼만 한 듯 하되
실상인 즉 빈 일홈 뿐이요 軍粮 하나 器械 하
나 대준 것이라고는 허무하엿다 海島 면 군
대에 屯田을 하고 물고기를 잡고 소금을 고고
질 오지 접시 지만들어서 내여 팔고 사드리
고 별별 가지 애를 다 써서 거오 軍士들을

5

No.

먹이고 입히엿다 鍮鐵을모아 銃筒을만들고

밥이면손수화살을다듬엇다 軍功은賊을首

(리려고 종용한섬을가리어서)

級을세여 等數를定하야 農土를마련하야드려보

내고 軍士들더러 賊을죽이는것만이功이라

賊에게잡혀간우리사람을救해내는것도功이

니 賊船을불지를제 或우리사람이잇나면

저살피어보라고 至誠으로일러서 救해오는

대로 다살게하여주엇다 四시싸움에 賊丸

이여개를뚤은채로 해지도록全軍을指揮하고

對戰할세마다 親히前頭에서니 모다부죽

하야드시라하면 내목숨은하늘을밋는다 엇

지너의더러만 賊鋒을當하라하라하고

癘疫이도라 당신께도돌맛스나 죽지아니

하면 누울수업다하고 열이들을두고 한결

가치軍務를보앗다 公은孝子다 壬辰以後

日記를보면 그어머니가그리워 한세라도잇

지못하고 밤이면 흔히안저서새웟스니 어머

니의安否가 멀리나동동하얏슬것인가 牙山

의山川이 公의눈속에어려엇슬것을생각하면

이압길 이어름이 다 그어리는가운데

20×20

달리어들엇섯슬것이니 생이아름이잇다하면
지금사지도늣거울할줄안다 [illegible]부터公을
慶尙右水使元均우로하야쇠를내엿다 [illegible] 한분
만일수면 朝鮮[illegible] 公을모
尙右水使를하이고 慶尙右水使元均은
猜忌하야 그러하게하고하엿다 거긔다가
黨派다툼한猜感한배다 賊의間言을憑藉하
야 公을죽이고 元均을내세우랴하는무리가
만핫다 柳西厓는 公의薦主라 公이잡히여
오는것을보면서도 救하다가는 도리혀禍를
더하지아니할가하야 속만태우고 李完平은
李某를 [illegible]수업고 元均을 막길수업다
고 [illegible]두엇스나 아모도듯이되지못하는한편에
南以信가든者는 公의일을廉探하러갓다와서
말하기를 그동안倭將淸正의배가 [illegible]에걸
려서 일혜를지낸것을 李某가알고도거저두
엇다고사지하얏스니 만일西厓와同志鄭判府事
琢의伸救가아니엿더면 公은목숨을부지하지
못하엿섯슬것이다 白衣從軍이란名目으로
權元帥陣中으로가는길에 牙山先山을들럿다

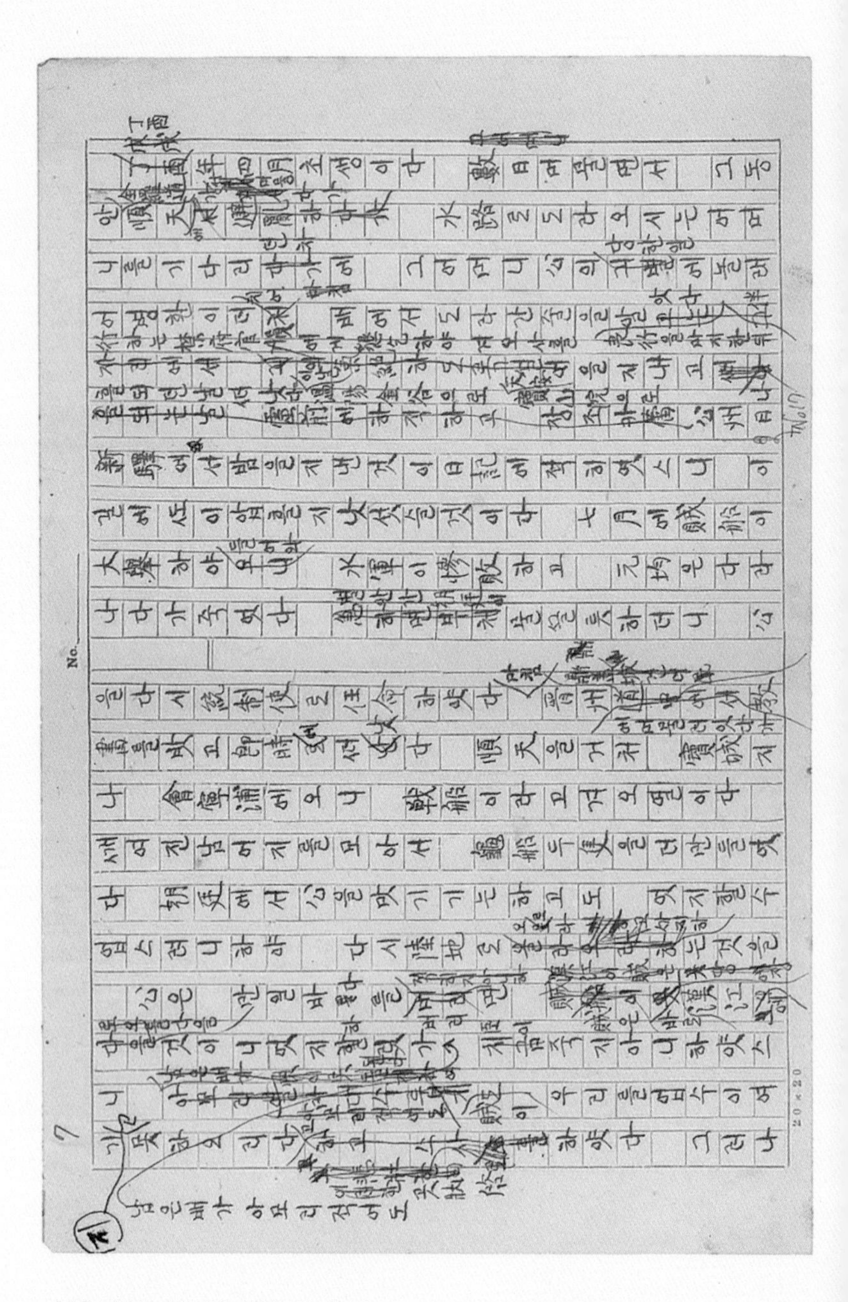

8

No.

[illegible] 殘船 열둘을 가지고 바다로 들어서는
것을 보고 누가 구슬프게 알지 아니하얏스랴
珍島 碧波津에서 半月(보름) 동안이 나지 나다가 右水
營 앞으로 陣을 옴기더니 九月十六日 이튿날 새벽에 賊船이 數업시
들어온다는 探報를 듯고 戰船을 거느리고 中流
로 나아가기 다리더니 賊船 三百三十餘隻이 삽
시 덥히엿다 [illegible] 여러 將領은 제각각 回避할 마음
을 먹고 右水使 면전 아득하게 물러섯다 公이
[illegible]
[illegible] 지는 것 보고 게 들면서
쏘아라 쏘아라 하[illegible] 내 저 [illegible] 쏘거라 砲火 벼락

치듯하니 賊이 抵當하지 못하나 包圍이 되여
려 겹이요 도라보니 戰船 얼마는 멀리 떠러젓
다 곳 螺角을 불리고 急히 中軍令旗를 세우고
이에 아레를 못 서나는 軍令이오 招搖旗
를 쓰지니 가장 森嚴한 法의 表示다 이제야 中
軍將 金應諴의 배가 점점 다거오고 巨濟縣令 安
衛의 배가 압흘 섯다 公이 친히 나서서 安衛야
軍法에 죽으려느냐 다라나면 살 수 安衛
가 겁결에 賊船 사이로 들어섯다 金應諴 아 더
는 中軍으로서 大將을 救하지 아니하니 罪를 버슬

20×20

9

No.

하 賊船 三隻이 安衛배에 덤비어 오르랴 하니 公
이 배를 돌리어 그리로 닥치며 砲火를 퍼부
어 三隻을 다 부시엇다 어느덧 回避하려던 배
들도 긔운을 내어 地玄字砲聲이 바다를 뒤집을
듯하며 賊船 三十餘隻이 연니어 부서젓다 이지
음에 潮가 써지려 하야 [illegible] 울두목 물살이 부서
웁게 세일새라 賊船이 모다 急流에 들어 도리
킬 수를 이업시 좁은 목으로 넘어나려갓다 미
리 鐵鎖를 건너 질러 [illegible] 넘는 족족 걸리어 아
래로 엎허지는데 목에는 턱이 심하야 안에
서 밧기 보이지 아니함으로 연다러 엎허지면
서도 뒷배들은 장차 西海로 나아가는 것인줄만 여
기엇다 이리하야 賊船 三百三十餘隻이 十餘
隻 밧게 살어서 젓다 알고 보면 公이 여긔서
潮流를 利用하야 賊을 全滅하려고 짐
짓 머물러 賊船이 들어오도록 하고 부러 中에
들어 善戰하면서 時間을 기다렷든 것이니 이러틋
싸호는 정작 計畫은 部下에게도 다 알리지 아
니하엿던 것이다 이때 公은 밤에도 갑옷을 벗지
아니하고 북을 벼개로 비어 잘적이 업섯다 그러

20 × 20

10

면서도어머니가설어서 肉味를대이지아니하
고 粥飮도자오며목움씩을마시엿다 陣을靈
山島로옴기엇다가 古今島에 本營을定하니
公을依하여서모여든民戶가數萬이넘엇다
와 구리를모아 銃砲를붓고 나무를버어드려
배를짓고 모든戰具를次第로만들어 마지막
露梁海戰에는 船만이數百隻이엇스니 다른것
을헤아릴만하다 公에게는 [illegible] 다
만핫다 明將劉綎은뭇흐로와서 順天잇는賊
을막는체럽하고 陳璘은바다로古今島에오니

陳璘은 그래도 公에게설러나 對는심하얏다

陳璘의粗暴함으로도 公에게는휘엿다하얏나
둘이다賊과通하고 [illegible]
十一月에賊酋小西行長[illegible] 뒤는賊[illegible]
[illegible] 秀吉 酋豊臣秀吉의 [illegible]
[illegible] 賊은撤歸하고저하야 十一月에小西行長等
이 順天으로부터나오려하다가 [illegible]을지키는
우리水軍에게敗하야도로물러가 泗川昆陽等
地에잇는强賊島津義弘等의來軍[illegible]을求하얏
다 十八日밤泗川昆陽으로부터賊[illegible]船五百餘隻
이南海압바다로들어오니 露梁을넘으면順天

No.

20×20

이다 公이 明朝 順天서 나올 賊路에 伏兵을 느리
고 몸소 마조 나와 露梁에서 賊을 조첫다 그밤에
달이 밝앗다 한울을 우러러 이 원수가 업서 진
다면 죽어 恨이 업나이다 하늘을 울어러 빌고서
賊船 二百餘隻을 못지르는 동안에 면동이 트
기 시작하얏다 한참 督戰하는 가운데 賊丸이
左腋으로 박히어 쓰러지면서 싸홈이 急하다
나 죽엇다고 말하지 마라 하고는 그만 숨이 시
치엿다 公의 아들 薈와 조카 莞이 엽헤 잇섯다
그대로 旗를 두르고 북을 처 싸홧다 되기 전에

賊船이 거의 다 깨여졋다 만일 明軍의 內通이 아니엇
던들 順天 賊마저 살어가지 못하얏섯슬 것
이다 그러나 이 싸홈이 지난 뒤는 여러 군데
의 賊이 한번에 씨슨드시 업서저서 일곱해만에
물과 바다가 처음으로 맑앗다 지난해 어머
니를 여의고 울면서 이 압길을 지나던 公이
道老少男女를 하야금 당신을 울게 하면서 [illegible]
로 이 압길을 접어드러더니라 公은 뒷사람들이 [illegible] 붓
그러웁다 露梁 달밤에 公이 마지막으로 부엿을 베
릿길래 三百年을 얼마 넘지 아니하야 나라

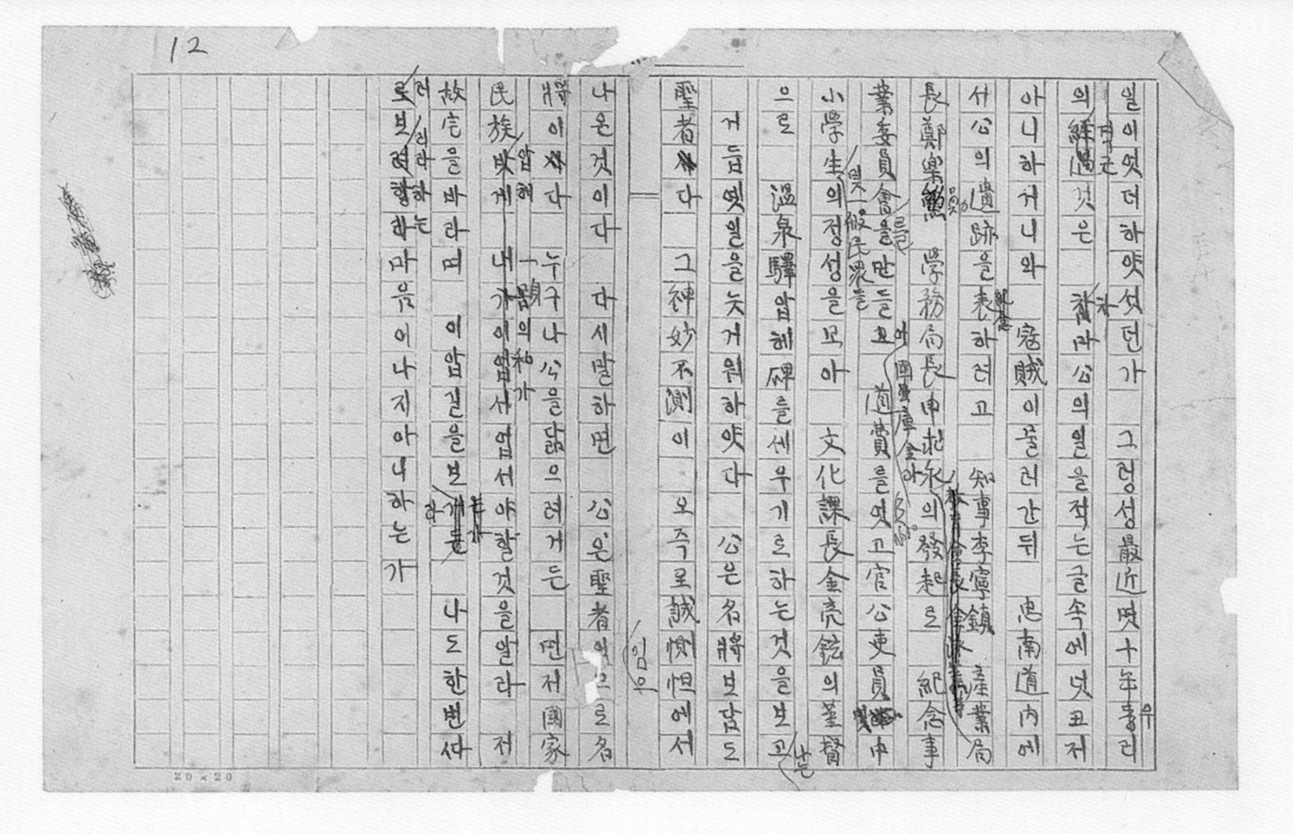

12

일이 엇더하얏섯던가 그렁성 最近幾十年동리
의 經過된 것은 著者 公의 일을 적는 글속에 넛코저
아니하거니와 寇賊이 물러간 뒤 忠南道內에
서 公의 遺跡을 表하려고 知事 李寧鎭 産業局
長 鄭樂勳 學務局長 申□永의 發起로 紀念事
業委員會를 만들고 道費를 엇고 官公吏員 中
小學生의 정성을 모아 文化課長 金亮鉉의 董督
으로 溫泉驛앞 神碑를 세우기로 하는 것을 보고
거듭 옛일을 늣거워하얏다 公은 名將보담도
聖者다 그 神妙不測이 오즉 誠懇에서
나온 것이다 다시 말하면 公은 聖者임으로 名
將이 되엇다 누구나 公을 닮으려거든 먼저 國家
民族 밧게 내가 업서야 할 것을 알라 저
故宅을 바라며 이 압길을 보라 나도 한번 사
로 보려 하는 마음이 나지 아니하는가

제승당비 제막식 예사
충렬사비 제막식 예사

No.

制勝堂碑除幕式禮詞

忠烈祠碑除幕式禮詞

今年이 우리

李忠武公 전사하신 三百五十재의 「돌」이요 오늘이 또 그날이다 閑山島의 制勝堂에서와 露梁忠烈祠에 우리글로 새碑를 세워 紀念行事의 큰자최를 남기기로 하는 慶南道廳의 美擧와 아울러 이일에 힘을 모은 全道中學小學生徒의 정성을 뭇고 깁히 깃버하였다.

忠武公은 우리民族으로서 永遠히 받들어

No. 遺

야할어룬이다 적을 처물리치는 마지막海戰
에 전사하시니 그誠忠의 남은 힘이 지금에
우리國家가 다시이러나게된 것인줄 나는 밋
는다 始榮스사로 過去를 생각할새
그當時 처물리치신그敵으로하야금 四十年
間 이땅을 짓밟게하고 마침내 他力을
힘닙어 쫏처내엿스니 百戰驅除하신 그功
을 기리려하매 낫치붉음을 엇지하리요.
白首殘年에 故土에 드러와 먼저 忠武公
遺像이라도 瞻禮코저하얏스나 입때 못 대로

하지못하고 이날 開幕하는式典을 못고요 이 盛大할줄을 알면서도

病軀가 마음을 따르지못하야 멀리 南

天를 바라며 내 衷情을 이기지못하얏슴을 恨하야마지아니한다.

公으로 追慕할뿐아니라 先祖文忠은 忠武

公을 깁히 敬重하야 그말이 統制使 史冊에잇슴으

로 萬世崇報할 우리大先烈이 내게도通家

의古緣이 열리기니 大韓日月을 다시보는

이날에 英靈이 응당 나려실바라

마츰 世界萬邦이 우리의國家를 承認한

때라 英靈이 굽어보시고 응당 깃버하시

No.

련니 그 至純至一하신 日月가튼 精神을 三

千萬各個의 머리속에 골고루 나누어주서서

하로아침에 너나업시 이民族 이國家를

위하야(는) 一切를 도라보지아니하게하섯스면

(한)십다 公的으로 (다같이) 追慕하는 千秋(萬代의) 偉人이신

거룩한 이어룬이 내게는 또 私的(通家)의 古緣

이열키니 李鰲城집後孫을 冥冥中 반기

시려니한다。

大韓民國三十年(陽曆)(舊曆)十二月十九日

副統領 李始榮

경주에 중학이 업섯다

No. 1

경주에 중학이 업섯다 이룩한분이 곳
여긔안존 수봉 이규인선생이다 선생은
부즈런으로 모아 의로움에 썻다 그러나
[illegible] 일흔여다래우료 학교되는것[illegible] 보지못
하고 그구한 [illegible] [illegible] 생전 뜻과는 동안
이 멀더니 적이 물러간뒤 이학교 비로
소 사립이되고 선생자손이 쓰고십던정성
을 쓰게되얏다 [illegible] 선생을 새로이
그리워하야 구리를 부어 모습을 나타내

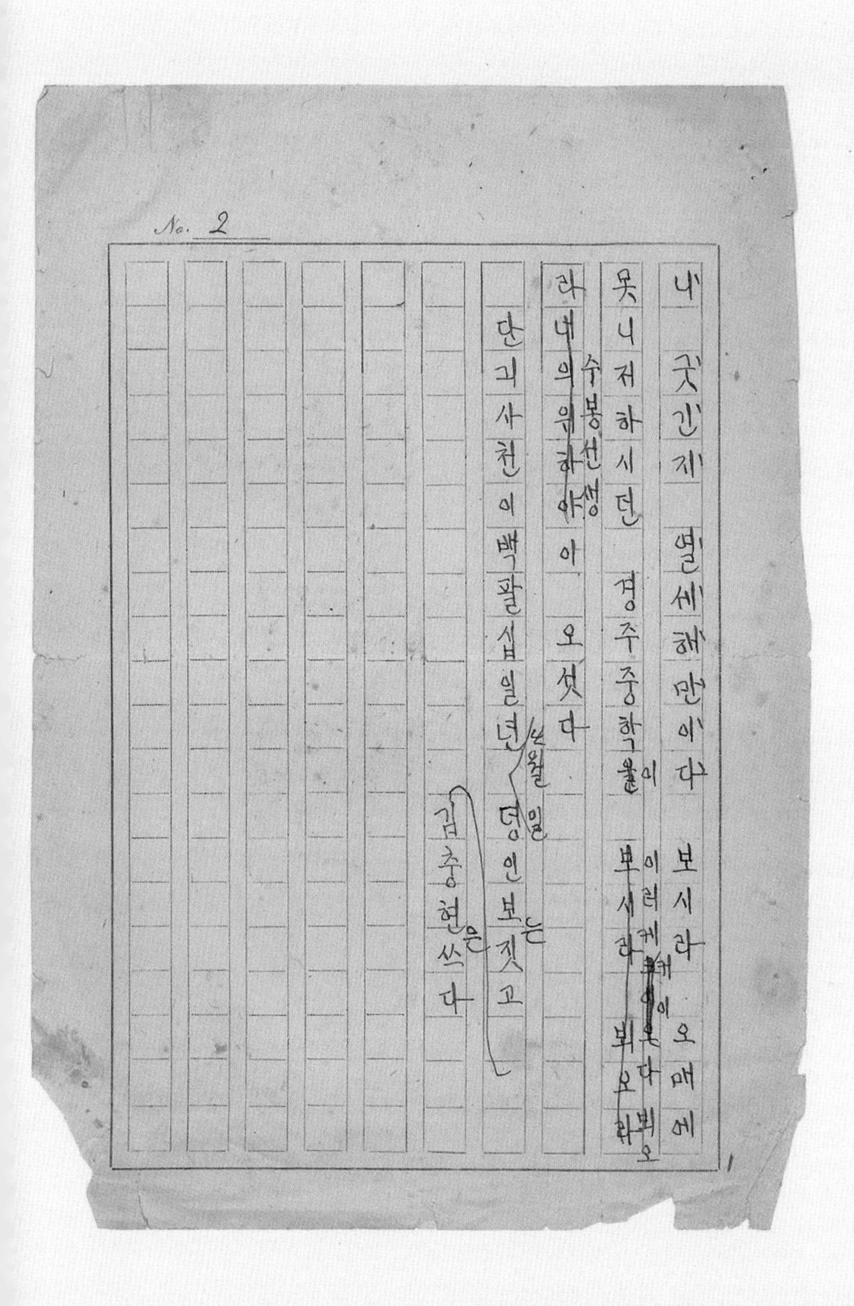

No. 2

내 곳간지 열세해만이다 보시라 오매에

못니저하시던 경주중학울이 부시라 뵈오라

수봉선생 라내의 유하야 오섯다

단긔사천이백팔십일년 사월 일 뎡인보는 짓고

김충현은 쓰다

나는 이러케 하고 십다 - 감찰위원장 정인보

No. 1

내 標幟의 略言

나는 이러케 하고 십다

監察委員長 鄭寅普

지금들 입만 열면 官界의 肅淸을 말한다

그러나 貪汚한 무리를 除汰하여야할 것은 무론

이어니와 이보다 먼저 [illegible] 여나는 功勞가 잇

는분들을 들어내어서 훌륭한 보람을 보이는

것이 더한 急務일줄로 안다 最近에 慶南울서 가보니 河東署

長 崔喆竜 君 가든분은 참으로 長彰할 만한 功勞

하다 처음부터 叛徒가 光陽 白雲山속에 根據를 두고 잇는 叛徒가

아니한 烈性人이다

우리 先民에 부끄럽지

國防部報道隊

No. 2

蟾津江을 고 넘어 河東으로 來侵하던 傀 河東
署에 現在 人員이 二十四人 밧게 되지 못하고
武器 쓴한 서로 敵對하기 어려움으로 모다
아즉 避退하얏다가 道警察의 援을 기다려서 應
戰하는 것이 可하다 하얏다 署長이 이 말을
듯고 그러다 그대들을랑 避하라 나는
내가 ᄯᅡᆼ을 직힐 責任이 잇스니 一身을 彈
一同이 그 義氣에 感動되여 우리가 署
長과 갈릴 수 업다 우리도 다가치 죽기로 하
자 하고 에 死守할 決心을 세로한 덩이의 熱血이

國防部報道隊

No. 3

되야 江岸목장에 흩게 지하엿다 마츰 밤중

이요 또 비가 오는 가운데 咫尺을 分辨할수

업는데 叛徒의 彈丸은 비오듯 쏘아저 떠러지고 이

편에서 쏘는 銃은 멀리 가지 못하는 것으로

되게 中間에 가마니 가지고 제 못사 엇지할수업시

물러나게 될 지음에 다시 決死隊가 나서서

尹總務主任等 五人이 自動車를 몰고 들어

가서 猛烈하부터 射擊이 쏘는 程內에 들엇다

이러케 二十四時間을 交戰하는 道警

察廳의 應援이 또한 機敏하야 聲勢가 急速

國防部報道隊

No. 4

히 늘고 士氣百倍나 도닷다 江岸까지
三四十里되는대 署內에 솟을걸고 戰地
로 밥을 날럿다 署長 一人이 戰은 作戰
는 指揮官이 되고 밥짓는 炊婦도 되고 自
動車에 運轉手도 되얏다 叛徒 마침내 그리하
야 내여미는 무리를 물리첫다 지금까지
江岸一帶를 交代的으로 직히여 叛徒의
治安이 흔들리지 아니하얏스니 李益興廳長
以下의 勞績이 적지 아니함으로 내가 만나
는대로 일커른바 잇섯스나 그當時 崔誥菴

國防部報道隊

No. 5

一人이아니면 河東이 叛徒가 河東으로
들어왓슬것이요 河東에 根據케되면 慶南道에
곳곳마다 凶黑가진무리의出沒이 무지가업
슬것은니 말하도말고 되지는대로 數가붓고
襲奪는대로 힘이늘면 一方의걱정이 어
는지경에 미쳣슬지알라 李忠武公이 湖南
의重地임을 말하야 湖南은國家의保障이니
湖南을 일흐면 國家가업다고한것과가치
今形勢로보면 河東을 잘직힌면 慶南全
道에對한功績이다

國防部報道隊

둘쨋딸 경완 생일에 인절미 대신 보냈다

둘재딸 庚婉 生日에 인절미 대신 보냇다

2

너 사진 내 생양가 한분식은 뵈앗것다

저애가 놀담쉽나 미리뒤도 벌우주해 나려마님

수숙분 하시던 말슴 어찌런듯 하여라

9

나보낸 젓삿것이 자제발서 두분인가

석화놈 나를혜니 서새재 울올세 네로구나

얌전다 뒤불려 별명이려내 세로

후홍안 이십오년이

얼마해 할미가되리 입못감어 하노라

3

세상 이대 보실려 병이마저 오랫섯네다

불근수어업자

* 활자화 된 것을 먼저 싣고 뒤에 원본을 실음.

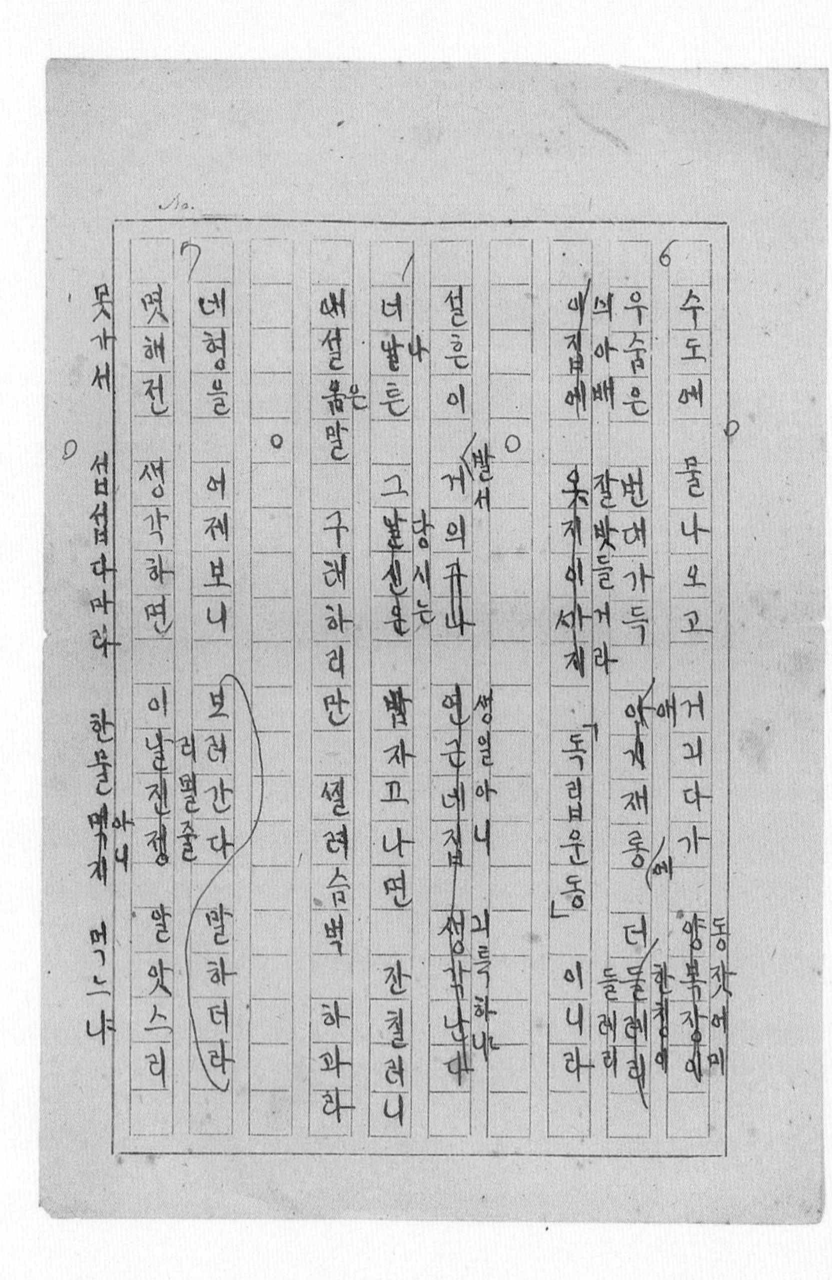

수도에 물나오고 거긔다가 양복장이 동잣에미

우숨은 번대가득 아기재롱 더들레리

의아배 잘빛들거라

에집에 옷지이사재라 독립운동 이니라

설흔이 거의다 연군네집 생각난다

너발은 그발신을 빼자고나면 잔칠러니

빼설움은 말 구래하리만 셀려습벽 하과하

네형을 어제보니 보러간다 말하더라

몇해전 생각하면 이날진정 알앗스리

못가서 섭섭다마라 한몸매재 머기느냐

높다못 다닐제

손잡고 길에나면 잡는손을 썰엇더니

그리매 놀리는 거리 생각아니 나느냐

○

4

쌕쌕다 하던애가 제법넉넉 힘이나고

남만을 시기더니 개름자칫 추리준고

맘하나 울키곳하면 몸고달퍼 조니라

○

5

만장봉 나리부는 그흉악한 눈보라에

서루른 물재게 가로 새색새색 왓다갓다

넘어저 멍든흔적 도도 잇는줄 알거라

윤봉길 렬사 긔렴비

.No.

윤봉길렬사 긔렴비

國防部報道隊

왜적이 우리를 짓밟고 또 중국을
노리어 우리 독립선언한지 십삼년 서력천
구백삼십일년일월에 상해를 포격하야 중
국 십구로군의 장렬한 항전으로도 마츰내
부지하지 못하니 소위송호협정은 중국 사억
만의 치욕이엇다 말할것도 업고 우리의 그제보
게여러운 분로가 아닐수 업섯스나 나라가
잇는 그네도 그러커니 우리야 실로 배
인 마음을 [illegible] 그해 한참 긔승한 [illegible] 사
월이십구일은 적의 경일이라 전승한자랑과 아

No.

울러 상해가 축하속에 싸히던 가운데 대
지가 뒤좁히는 큰폭음이 나며 홍구공원경
축대에 모아잇던 적의 괴수들이 죽고 눈
빠지고 다리부러지고 한사람도 버서난자는
가업섯다 적은 중국사람을 의심하얏스나
얼마아니하야 대한렬사 윤봉길 임이
온세계에 퍼지엿다 우리는 어대서던지
적을 죽이는것이 의다 중국화를 위하야
원수를 갑하준바 아니엿마는 중국은 우
리의의를 더욱 고마워하야 바릇전 정성

오정 거의되자
육해군
령공사총령사모다
상해를 업시 부시던자는
걱구러지고 쓰러지고
우리의

No.

평양에서 적의 이간에 넘어서 중국 상민
들을 박해한일로써 두민족사이가 자칫하
면 험악할쌘하게되던것사지 구름거치듯하
고 우리독립에 큰힘을 앗기지아니하고저
들 하얏스니 장중정총통이 우리독립을
선창할때도 윤봉길렬사의저때에 던지던
폭탄소리가 귓가에 새로웟슬줄 안다 렬
사가 스물셋에 이일을하고 이듬해십
이월십구일 적의땅대판에서 적의총에 의
로운일생을 마추엇다 김백범선생이 입국하

계(뒤) 면서 얼마산 삽다리 렬사의 집을 차저가서
제사하고 례 그뒤 대관으로부터 유골을 차
저다가 국장의례로 리봉창 백정기두분과
·나란히 효창원 구광뒤에 봉장하얏다
이제 충남 뜻있는 분들의 발긔로 례산교육회
에서 중소학생의 정성을 모아서 렬사의 고
향에 비를 세우니 우리나라에 우리정부
가 선 이듬해다 렬사가 살아게섯더면
겨오 마흔넷이다
대한민국삼십일년 이월구일 뎡인보는 짓고
김충현은 쓴다

國防部報道隊

고려대학교가

高麗大學校歌

「먼」동을 처서 틔는 일은 종소리
휘영청 너른 마당 벌서 「찻」구나
「산」바다 「영」(光輝)이 도는 깃븐이 날세
마초아 불러보자 고려대학(高麗大學)아
선비들 뜻과 가튼 단단한 「이루」(建築)
백두산(白頭山) 본을 바다 「눈」(雪)보다 희다
대지(大地)의 새론 바람 두두마시며
「뜨」거운 정성뎅이 「해」(太陽)돼 올라라

동국대학교가

東國大學歌

아느냐 오늘날을 봐라 三千里
젊은 외치는 소리 하늘을 울린다
동해물 백두산에서 빛내여
이나라 이겨레에 福려 되거라

눈부신 샛별아래 대대 내린 얼
뉘게나 안기대고 내가 세웠다
열손즙 다달려든 살로 대들어
宇宙안 무친샘을 그예 과내자

No

외관혁 향하는살 너나 잇스랴
가람야 즈믄이건 달은 하나다
아느냐 오늘날을 봐라 三千里
이벅개 거룩한줄 새로서 알거라

大韓民國監察委員會

정인보의 명함 국학대학장

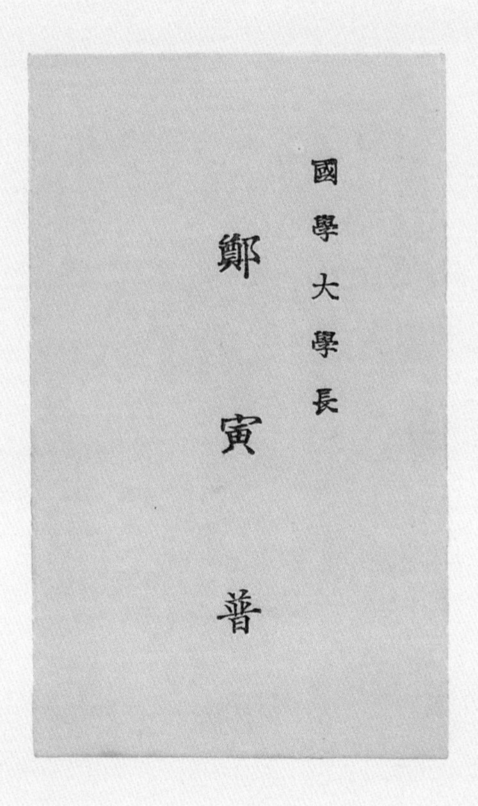

국학대학가

No.

國學大學歌

물이건 맛을보고 흙이건 맛자
잘바더 키워「물길」 오늘우리다
五千年 三千里가「함빡」안기니
「집」크고 길이멀다 國學大學아
「海東靑」 매서운눈 씨저지도록
世界를 살피랄제 나버텁봐라
江西에 무친그림 龍다시 살고
吐含山 사긴羅漢 거러나온다
「호믜」도 갈려니와 살손조니라

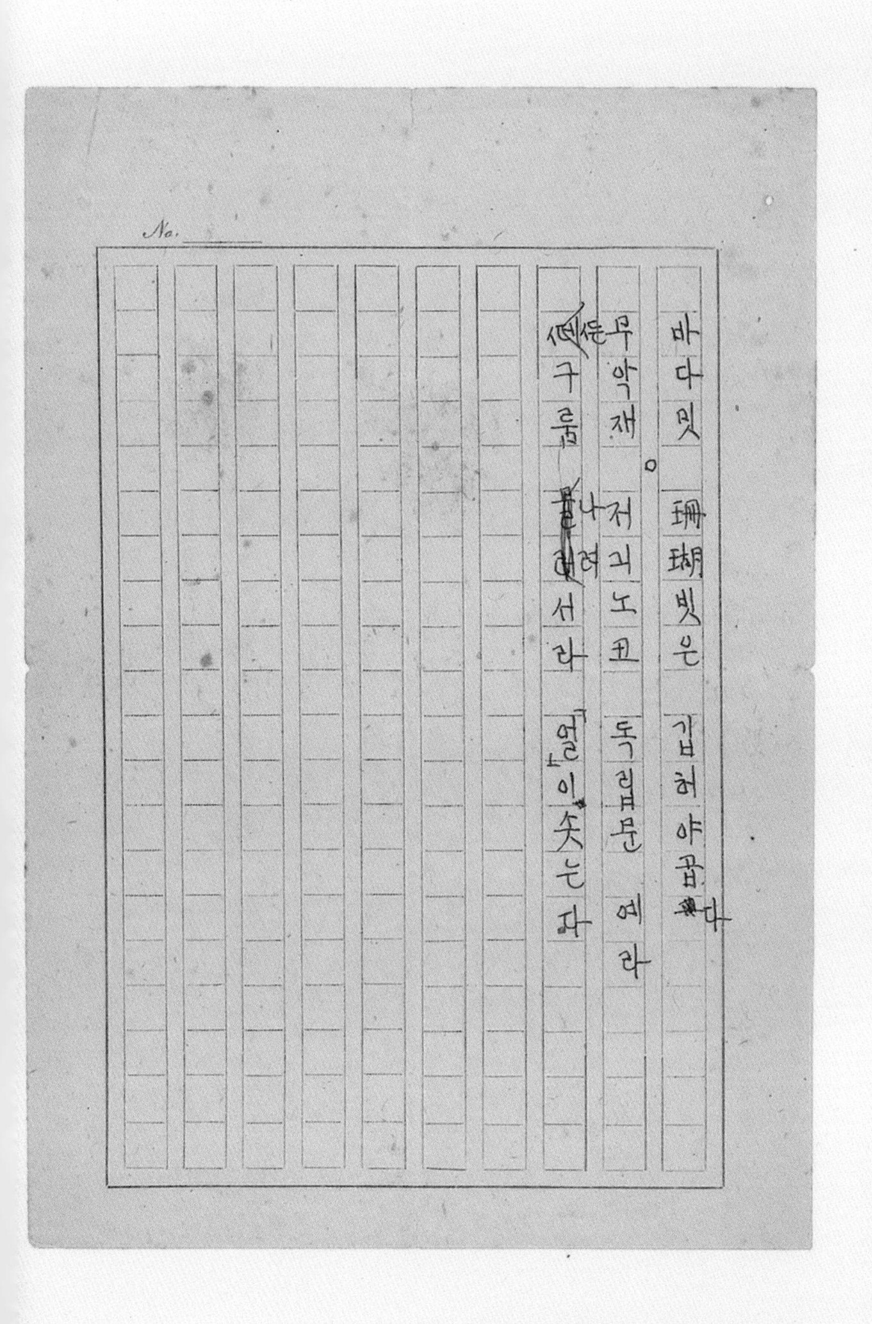

No.

바다밋 珊瑚빗은 깁허야 곱다
무악재 저긔노코 독립문 예라
뜬구름 나려서라 얼이 솟는 자

연희 대학교교가

No.______ 國防 ★ 新聞

延禧大學校校歌

오거라 모이거라 이솔밧으로
푸르러 한빛이니 겨레열이다
여호와 지른사랑 이즐가보냐
된서리 구진비를 저나왓섯다

。

연희궁 올라오는 햇발을봐라
「정」한 금 「도」는길에 어검잇더냐
지키어 염한거긔 연쳐나내다
「선」비하 우리일도 저러하니라

10×20

No. 國防 ★ 新聞

○

하늘이 주신 슬기 에서 이 얻고

宇宙안 모든슬기 겹겹 당기어 손에

팔다리 단련해서 적이 업거라

數十萬 先烈의 못인 한 품은

나라로 올흔한

漆板 위에 백두에도

내 정녕 한번 되오리라 英雄 날 큰 英雄

명예야 둘째라오 공을 세우소

No.______ 國防 ★ 新聞

○

세종왕 다신말이 여기서 쉬어
압바로 뵈는강은 「최영」 베건넛다
우주안 뭇송이들 두루당기어
대나란 천지물에 거듭 씻거라

○

어젯밤 새엿느냐 오늘도 새라
갈길이 만리라면 문턱겨오다
오천년 크나큰일 지금고빅니
이짐을 눌주랴고 쉬일사보냐

No.______ 國防 ★ 新聞

○

이샹의 오늘날을 금으로 사랴
갈길이 만리라면 문턱겨오다
파거라 심우거라 밤낫이 업시
온세계 복이되야 길고 멀거라

10×20

성신여자중학교가

誠信女子中學校歌

등(背)뒤에 水晶이요 발아래 구름

門들어 설제발서 바람이 높다

∴정성되고 미덤즉한 朝鮮의 딸아

歷史를 빗낼 責任 우리게 크니

「안」살림 「속」범절은 民族의 「터」다

繡틀에 메인 江山 나날이 곱게

빛새여 노라

五大洋 물「여」(戴)다가 무궁화 키자

대한부인회가

No

大韓婦人會歌

오늘날 우리일은 남녀가 업다
치마슨 졸라매고 다나서거라
二 달가든 이나라가 둥그러온다
정성은 민촉우로 목숨은 나라
(겨레는 정신이 있)
잇는힘 적다말고 다드려보자
三 옛날엔 삼천리도 더넘엇단다
올커던 나갈것이 불에나 물에
뭉치어 하나되면 당할이 뉘냐
三 거룩한 우리집을 질수르

학도특별훈련소가

學徒特別訓練所歌

들어라 이「구령」은 삼천리 소리
긔운찬 대한학도 게서도 네다
대나린 지레얼을 여기서 세워
「국선」의 숨은역사 다시 빛내라

선현의 피가 살어 팔이요 다리
바칠곳 외길이니 다가치 가자

젊어서 먹은마음 평생이란다
충무공 변을바더 맹서 하거라

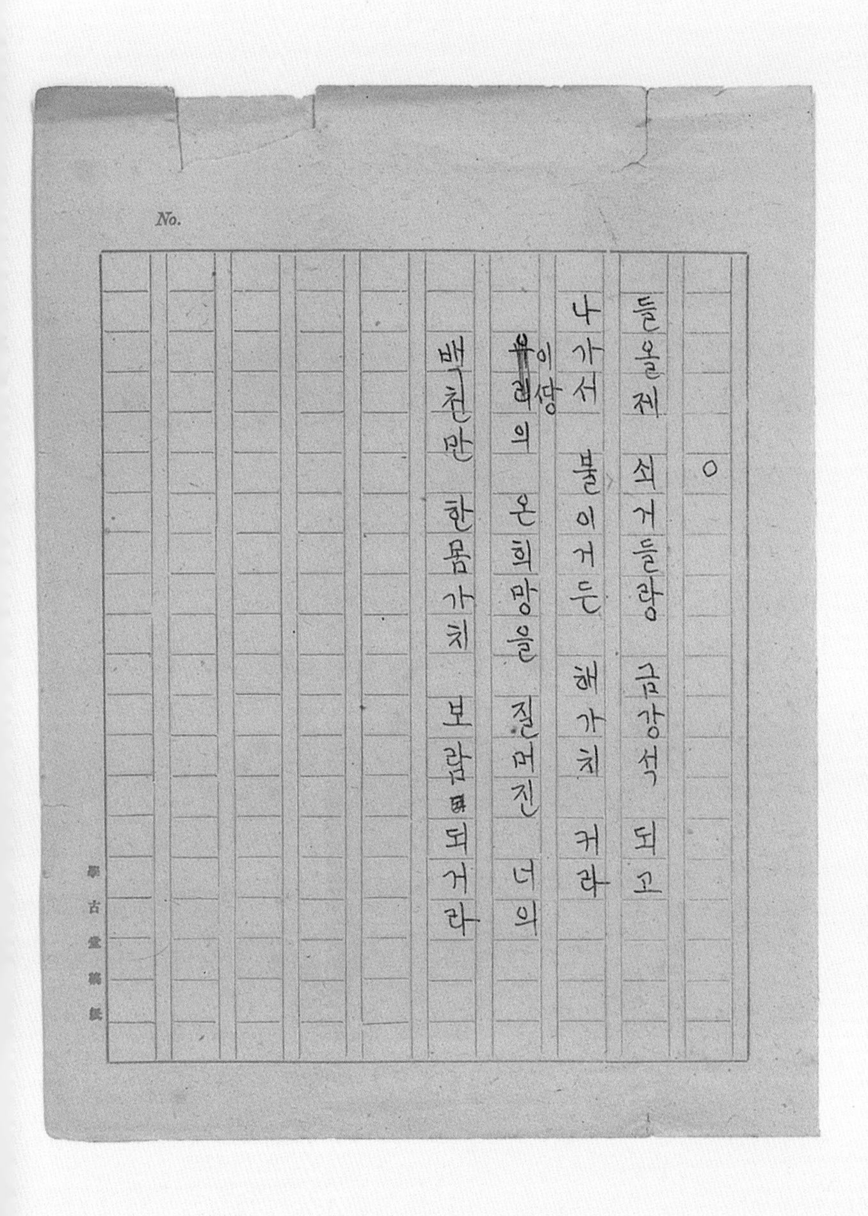

No.

○

들올제 쇠거들랑 금강석 되고

나가서 불이거든 해가치 커라

~~우리~~이상의 온희망을 질머진 너의

백천만 한몸가치 보람되거라

學古堂稿紙

재단법인 화음장학회 설립취지서(초안)

財團法人華蔭奬學會設立趣旨書

몃천련 以前으로부터 孝行의 純至함이 웃나라에까지 알리워진 우리先民들은 祖조이 先상을 밧들기를 親父母가치하얏섯슴으로 邱墓의 香火는 말하도말고 적은 遠代에 遺蹟이라도 傳守하기에 정성을 다하여 나려왓다 우리 東萊鄭氏一門으로 보더라도 高麗시절의 家訓이 지금까지 姓性이 되니 緖요 한갓 一姓의 美가 아니다.

過去四十年동안 업는 風波는 邱墓香火

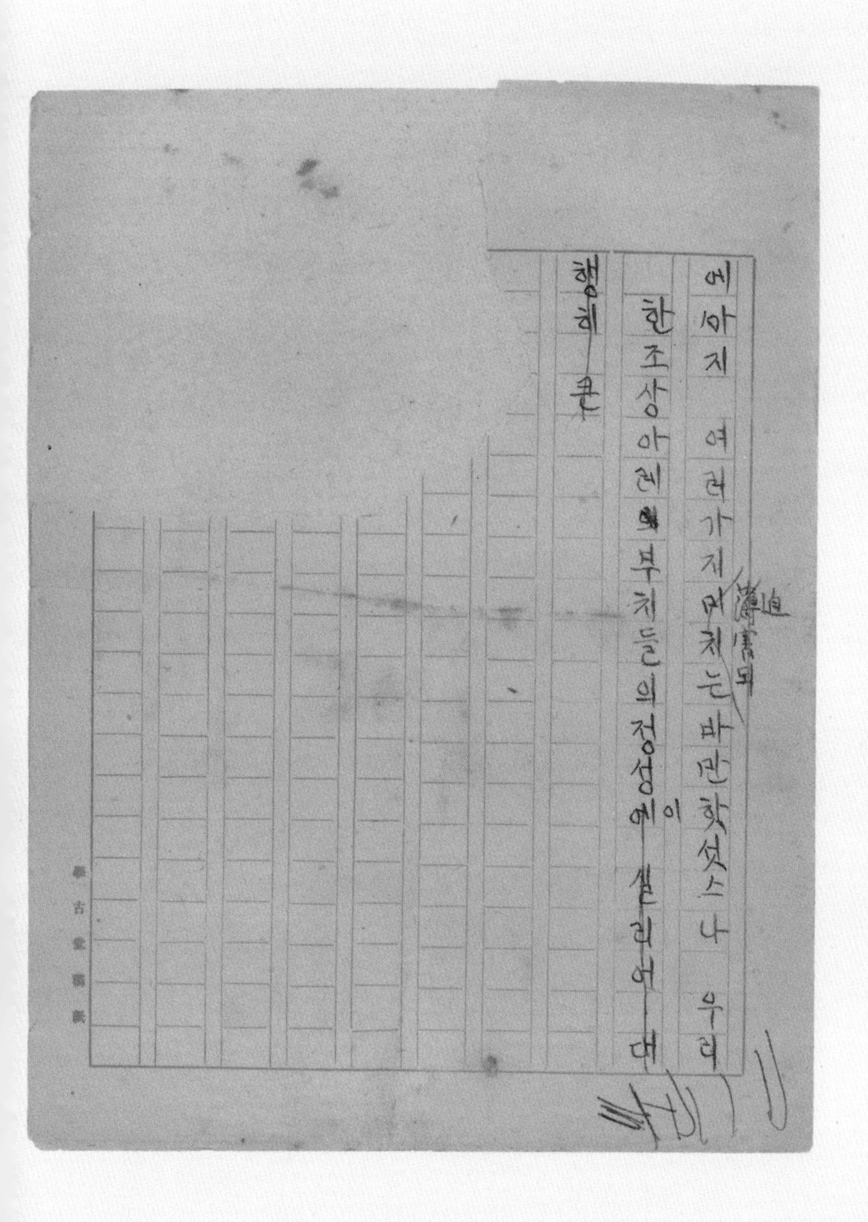
에마지 여러가지 미치는 바만 핫섯스나 우리 (薄迫害되)
한 조상 아레의 부치들의 정성에이 쓸리어 대
행해 쿤

재단법인 화음장학회 발기 설립취지서

財團法人華蔭奬學會發起趣旨書

크면 나라에 적어도 인아족당에 엇더케던지 도아야 한다 이것이 우리東萊鄭氏의 始祖以來로 傳해나려오는 家訓이요 門風이다 往昔六七百年동안 國家民族에 바친바 실로 적지아니하얏스니 歷史에 잇 가추자서 한 記錄이 잇슴으로 구다여 더말하지아니하거니와 지금國政이 새후운세라 制度 또한 옛것을 變하게된즉 이에 마추어 일즉이 奉先의 私에 限하던 것을 公으

No.

人才育成을도와

로 民族文化에 裨輔함에 아울러서 더한

층 祖先의 志意를 順承하는것이 실로 家

널리人才를育成하야

訓가운데의 일인줄 안다 로 우선 京鄕에잇는

宗中財産을 收合整理하야 英才育成하며

先墓外와 山林의 守護를 한가지로 悠久케하

고 財團法人 華蔭奬學會를 設立하기로 한다

學古堂製